月光下的冒险

李志宇 / 绘　孙　昱 / 译

〔英〕玛丽昂·圣约翰·韦伯 / 著

GUANGXI NORMAL UNIVERSITY PRESS
广西师范大学出版社
·桂林·

月光下的冒险

Yueguangxia de Maoxian

出版统筹：汤文辉

策划监制：柳　漾

编辑总监：周　英

项目主管：孙才真

责任编辑：陈诗艺　孙才真

封面设计：李　坤

美术编辑：李　坤

责任技编：李春林

图书在版编目（CIP）数据

月光下的冒险／（英）韦伯著；孙昱译；李志宇绘.
桂林：广西师范大学出版社，2016.5（2019.3 重印）
（魔法象. 故事森林）
书名原文：Knock Three Times!
ISBN 978-7-5495-8200-6

Ⅰ. ①月… Ⅱ. ①韦…②孙…③李… Ⅲ. ①儿童
文学 – 长篇小说 – 英国 – 现代 Ⅳ. ①I561.84

中国版本图书馆 CIP 数据核字（2016）第 104859 号

广西师范大学出版社出版发行

（广西桂林市五里店路 9 号　邮政编码：541004 ）
（网址：http://www.bbtpress.com ）

出版人：张艺兵

全国新华书店经销

河北远涛彩色印刷有限公司印刷

（河北省石家庄市栾城区冶河村　邮政编码：050000）

开本：880 mm × 1 240 mm　1/32

印张：7.75　　　字数：129 千字

2016 年 5 月第 1 版　　2019 年 3 月第 4 次印刷

定价：26.80 元

如发现印装质量问题，影响阅读，请与出版社发行部门联系调换。

目录

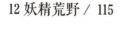

菲比姨妈寄来生日礼物

　　故事要从寄给莫莉的牛皮纸包裹到达后才能真正开始。当邮递员还在路上的时候，我们或许还有点儿时间来说说杰克和莫莉的生日，这样你就会明白为什么莫莉坐下来吃晚饭时，会热切地希望自己收到的生日礼物中有一只银镯子。

　　杰克和莫莉是双胞胎，今天是他们的第九个生日。这是快乐和令人兴奋的一天，他们觉得自己简直一整天都在过生日。你能想象得出这一天多么愉快，让杰克和莫莉觉得多么特别。他们压根儿不会想到，即将到来的会是一个离奇而神秘的生日结尾。

　　他们已经收到了很多漂亮的礼物，让他们乐翻天的是，他们还各自得到了一辆爸爸妈妈送的崭新的自行车。但是，还有一样东西是莫莉特别想在生日时得到的，那就是一只银镯子。

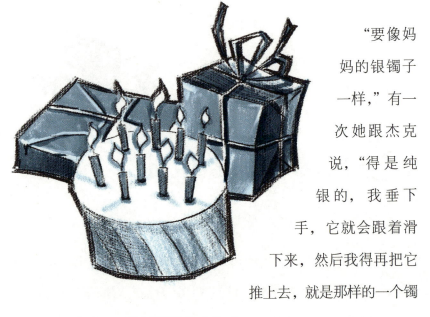

"要像妈妈的银镯子一样，"有一次她跟杰克说，"得是纯银的，我垂下手，它就会跟着滑下来，然后我得再把它推上去，就是那样的一个镯子。对了，还得是会叮当响的。"

杰克刚好也有一样特别想要的东西——一盒颜料。这两个孩子几天前就已经决定写信给菲比姨妈，因为她总是记得他们的生日，给他们寄来生日礼物。他们在信里尽量微妙地暗示菲比姨妈什么是他们最想要的礼物。这对莫莉来说是一个渺茫的愿望，因为菲比姨妈在什么礼物有用、什么礼物没用的问题上一向坚持自己的看法，也许她会觉得一盒颜料对于鼓励杰克学习绘画是有用的，但是——一只镯子，几乎不太可能有用！不管怎样，莫莉还是满怀希望地把信寄给了菲比姨妈。

看着杰克和莫莉，你会注意到他们有着相同的棕色卷发，

6

眼睛里有着同样坦诚的神情。莫莉的眼睛是棕色的，她的脸上常常流露出一种机智的、梦幻的表情；杰克的眼睛是蓝色的，他的脸上透着一股机灵劲儿，精力也很旺盛，除此之外，杰克还有些冒冒失失的。

邮递员已经到他们家了，手里拿着两个牛皮纸包裹，故事就这样真正开始了。

"这是菲比姨妈的笔迹！"杰克一把抓起自己的那个包裹，喊了起来。

"杰克，你的包裹看起来平平的——就像一盒颜料。"莫莉说话的时候拽着包裹上的绳子，几乎没法儿呼吸。

"你的礼物看起来也是装在盒子里的。说不定是个镯子呢。"杰克用鼓励的语气说，心里希望那盒子里装的就是个镯子。如果不是，他觉得自己几乎会和莫莉一样失望。

经过一番和绳子、包装纸的搏斗，随着一声欢呼，杰克第一个撕开包装纸，从里面拿出一个很有光泽的漂亮的黑色颜料盒。有好一会儿，爸爸、妈妈和杰克全神贯注地欣赏着颜料盒，没有注意到莫莉也打开了她的包裹，直到他们意识到莫莉一声不吭，才都转过身来。

莫莉站在桌旁，正眼泪汪汪地盯着半埋在包装纸里的一个圆乎乎、灰不溜秋的东西。

"亲爱的，这是什么啊?"妈妈走到她身边问。

"这不是——"莫莉刚一开口，嗓子就被什么不舒服的东西堵住了，没有再说下去。

"让我看看。"妈妈说。她拿起那个灰不溜秋的东西，把它翻了过来。它的另一面上别着一张纸片，纸片上写着：

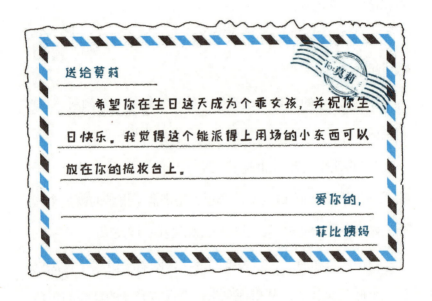

送给莫莉

　　希望你在生日这天成为个乖女孩，并祝你生日快乐。我觉得这个能派得上用场的小东西可以放在你的梳妆台上。

爱你的，

菲比姨妈

"咦，竟然是个针垫[1]!"妈妈说。

[1] 针垫是用来插针的布垫。
——编者注

"真是糟透了!"杰克说。

"别嚷嚷了，杰克。这小东西挺好看的。"妈妈安慰道。

"样子挺滑稽的，不是吗?"爸爸问道。

"让我瞧瞧，哟，这形状像什么来着？——南瓜，对，这形状有点儿像南瓜。"妈妈答道。

"但是这玩意儿是灰色的，"爸爸反驳道，"而南瓜是黄色或绿色的，干吗不把这个针垫也做成黄色或绿色的呢？"

"我猜菲比姨妈肯定觉得灰色的能耐脏些，"杰克说，"所以她挑了灰色。"

当菲比姨妈买这个"能派得上用场的小东西"的时候，她知道它到底是什么吗？要是她能预料到这个生日礼物引发的不可思议的历险，说不定她更愿意给外甥女买上半打世界上最会叮当作响的银镯子。因为她向来反对任何形式的历险，相比之下，她对镯子的反感就小巫见大巫了。不管怎样，杰克和莫莉确实是因为菲比姨妈才会进入那场"灰南瓜历险"之中的。

② 冒险开始啦

晚上，到了莫莉上楼睡觉的时候，她把针垫也带了上去，把它放在梳妆台上，然后尽量把针垫想象得漂亮一点儿。"这东西能派得上用场的。"她跟自己说。

为了证明这一点，她拿了一根长长的针狠狠地插在南瓜针垫上。接着她从房间这一头的梳妆台旁跑到床边，倒头就睡。

这是一个月光很美的夜晚，月光如水般倾泻进房间，把房间照得像白天一样明亮。莫莉舒舒服服地蜷缩在床上，昏昏欲睡，心里还盘算着等她和杰克学会骑自行车后上哪儿去好好转上一圈。关于骑自行车的想法像是往她心里注入了一股暖流，一抹满意的微笑浮上了她的嘴角。

她能听见杰克在隔壁房间闹腾，他老是在自己的房间里弄出很大的响动，一会儿乒乒乓乓把东西又撞又摔的，一会儿又吹起了尖锐刺耳的口哨，直到上床睡觉他才能安静。今天，过生日的兴奋劲儿让乒乒乓乓的声音格外响，口哨声也更刺耳。不过没过多久，碰撞声、摔东西声和口哨声都突然停了，莫莉知道，这会儿杰克肯定在床上了。对杰克来说，"在床上"和"睡着"几乎意味着同一件事。他的头一沾枕头就能马上睡着，第二天他一睁开眼睛就会马上跳下床，到处找他的袜子。莫莉可没法儿一躺下就睡着，大多数时候，她都得躺上好一会儿，大脑像钟表似的走个不停，盘算着，思考着。

莫莉正在想着她和杰克骑车去布兰顿的话，能不能一天来回，妈妈会不会让他们骑车去。这时，她意识到有东西在房间里移动，一个轻轻的滚动声从窗户那边传来。

莫莉警觉起来，惊恐地打量着这个被月光照亮的房间。她能看见梳妆台上有个大大的、圆圆的东西在轻轻滚动着。那东西看上去就像是——

不可能，她的眼睛肯定在跟她玩把戏。她盯着梳妆台，又害怕又好奇。她坐了起来。不，她的眼睛根本没有欺骗她。

就在那里，梳妆镜的前面，那个正在轻轻地左右摇摆的东西，正是南瓜针垫，它变得有原来的三倍那么大，而且还在变大。

南瓜针垫越变越大，直到变得跟莫莉的自行车前轮差不多大，然后它不再摇摆也不再滚动，停了几秒钟，便沿着梳妆台的边缘滚了起来。接着，一声闷响，它掉到了地上，滚向房门，撞到门之后还往后退了几步。莫莉看到门开了，针垫变成的灰南瓜从楼梯口消失了。

莫莉简直太惊讶了。到底发生了什么？这到底是怎么回事？莫莉愣在那儿，犹豫了一会儿后，从被窝里跳了出来。她最初的恐惧已经消退，取而代之的是铺天盖地的好奇心，还有另一种她没法儿定义的感觉——她觉得她必须跟着那个南瓜。

她一拿定主意，就变得镇定起来，这种镇定使她匆忙套上衣服，穿上蓝白相间的小裙子和出门穿的鞋子。在她为时不长的人生经历中，莫莉从来没有穿得这么快过。

　　这时，灰南瓜正沿着被月光照耀的楼梯往楼下滚去。她听到滚动声了，"砰——砰——砰——"与此同时，她飞奔进杰克的房间。

　　"杰克！杰克！"她用比耳语大一点儿的声音说，"别怕，是我——莫莉。嘘！你醒着吗？噢，杰克，嘘，轻点儿。"杰克发出了一种介于打哈欠和呻吟之间的声音。茉莉又低声喊："快起来，没什么大事，就是快点儿！快点儿！"

　　杰克猛地坐了起来。

　　"怎么了？出什么事了？"杰克喊道。

　　"嘘，别出声，大声嚷嚷会把事情搞砸的。别说话，穿上衣服，快点儿，跟我来。噢，别问问题，杰克，快点儿！别发出一点儿声响。"莫莉跑回楼梯口听了听，"砰砰砰"，南瓜正慢慢地、稳稳地、一级一级沿着楼梯滚下去，听起来已经滚下去挺远了。"快点儿，杰克。"莫莉说。

　　让杰克快点儿并不难，让杰克不发问也不算不容易，但让他不发出一点儿声音就是对他要求过高了。不管怎样，他只撞上了两次水壶，把梳子从梳妆台上撞了下来，穿好衣服之前跌在了椅子上。总的来说，他的举止还算靠谱。

事后，再回想起当时的情景，莫莉对自己能镇定自如地告诉弟弟穿上衣服、保持安静还挺惊讶的，她甚至还用最快的速度向弟弟解释了发生的事情。

"我知道这听起来不可能，杰克，"她说，"但这是真的，你马上就能亲眼看见了。"

两个孩子飞快地跑了起来，迅速冲下第一段楼梯。每当他们经过楼梯间的窗户，就被透进来的月光照亮；然后他们又跑进黑影中的下一段楼梯，不久又会再次经过被月光照亮的窗前。先下楼去的南瓜在地毯上滚着，发出沉闷的撞击声。他们就循着声响在黑影和光亮中反复穿梭着。

他们刚到达最后一段楼梯时，声音停止了。

"南瓜滚到底了。"莫莉低语道。

杰克难以置信地摇摇头，他还没有见着南瓜，还不能相信他在楼梯上听到的"砰砰"声就是南瓜发出来的。

那个声音停止后，他们有些犹豫了，不知道还要不要追下去。最后一段楼梯尽头看起来漆黑漆黑的，莫莉觉得，他俩无论谁的脚碰到那个黑暗中会滚的灰不溜秋的东西，都挺吓人的。

犹豫间，他们听见了一声轻微的"砰砰"声，紧接着出现了一道光，然后他们看到后门静静地转开了。那个南瓜——杰克可以清清楚楚看见那是个巨大的南瓜——正笨重地滚出去，门开始慢慢地关上。

"快点儿！"莫莉喘着气急促地说。两人快速跑下最后一段楼梯，眨眼间就站在了后门外，然后，他们屏住了呼吸。

这个花园看起来长长的，在一片小树林（这种小树林常常是夏季野餐的场所）的后面。一排低低的、坏掉的栅栏把小树林和花园分隔开来。大南瓜正一个劲儿地往栅栏的方向滚呢。他继续静悄悄地、小心翼翼地往前滚去，这使他看起来更神秘了。

杰克和莫莉跟了上去——两个古灵精怪的小家伙，小心翼翼地穿越草丛，眼里闪烁着光芒，小心脏"怦怦怦"地快速跳动着，半是害怕，半是好奇，同时又兴奋无比。杰克一向只相信自己亲眼所见的事物，此时却着迷地盯着眼前这个灰不溜秋的移动着的东西。他从坏掉的栅栏下一滑而过，进入了小树林。他一滚上林间小路，两个孩子就听到了他碾压小树枝和干树叶的声音。

杰克和莫莉翻过栅栏。翻过去时，杰克还弄丢了一只拖鞋，他太兴奋了，所以一丁点儿也没注意到那只鞋。他们跑了好几步才又看到了那个滚动的南瓜。

要在树林里看到那个往前滚的南瓜可不容易，因为林中的树在半空中交错在一起，遮住了月光。有的地方不时会有一道月光穿过树冠照进来，在地上投射出一个个银色的光斑。每当南瓜滚进这些光斑里，两个孩子就加快脚步。当南瓜滚进暗处，他们就停下来，因为他们看不清黑暗中的南瓜，只能凭树枝被碾碎的声音追踪南瓜的方向。

忽然，莫莉紧紧抓住弟弟的手臂，两人停住了脚步。只见昏暗的光线中，南瓜停在一棵参天古树的树根前。古树的树干弯弯曲曲，上面长满了树瘤。姐弟俩屏住呼吸看着南瓜，只见他从容不迫地重重敲了三下树皮，然后往后滚了几步，等待着。

随着一阵轻轻的"嘎吱"声，树的一边竟然像门一样打开了，南瓜滚了进去。

门又开始慢慢地关闭。莫莉和杰克互相看了看。怎么办？他们此刻都觉得，如果这会儿不进去，那就永远也进不去了。

"赶紧！"杰克说。

"快进去！"莫莉赞同地说。

说时迟那时快，两个人就像闪电一样闪进了大树中——非常及时。随着一声沉闷的声响，树皮门在他们身后关上了，还夹住了杰克的袖子。这时，杰克和莫莉发现，他们周围一

片漆黑。

听到门在他们身后关上的声音，他们最初的兴奋和好奇瞬间被害怕所代替。他们一动不动，后背紧贴着大树内壁，一点儿都不敢动弹。他们听到前方传来熟悉的轻轻的滚动声——那东西停住了，短暂的静默后响起了三声清晰的敲门声，随着一阵"嘎吱嘎吱"的声音，树干的另一边也有一扇门开了。当光线慢慢地透进树内，两个孩子惊讶地发现，透进来的光线并不是月光，而是日光，是傍晚时分柔和的日光。

借着光线，他们迅速地打量了一下四周，发现这棵巨树是中空的，并看清了他们和开着的那扇门之间的距离。当他们看见地面时，都结结实实地被吓了一大跳："地面"仅由六七根树枝交错而成，树枝之下，是一个深不见底的黑洞。他们意识到自己正站在黑洞的边缘，一个厚厚的黏土小台阶上。踩着那些细细的树枝向另一边的门走去时，怎样才能避免失足踩空掉到下面的洞里去呢？尽管他们手拉着手，打定主意要趁有光的时候拼命走到另一边去，但门又慢慢地关上了，他们再次被留在了黑暗中。

他们一动不动地站着，不敢挪步。

"噢，杰克，我们到底应该怎么办啊？"莫莉几乎要哭出来了。

"敲敲我们身后的门，然后回家。"杰克建议，"我们离开这个黑黢黢的老树洞吧，让大南瓜去他想去的地方。莫莉，把我的手臂放开一会儿，我要转过身去敲敲门。"杰克转了过去，打算敲开门回家，他把袖子从门缝里拉出来。

"但是，杰克，"莫莉着急地说，"等一等，不知怎的，我有种感觉，如果可以的话，我们应该继续。杰克，先别敲，我隐隐地觉得门另一边的那个地方——如果我们能过去的话——似乎有人需要我们。噢，杰克，当心，别滑倒了！"

"那么，"杰克说，"如果我们走过去，你会害怕吗？你真觉得那个地方值得我们冒险吗？"

"南瓜滚过去了，地面也没有塌，然后，它，或者他就——我的意思是，我们现在应该怎么做，杰克？"

"要不我们试试？"杰克建议。

莫莉犹豫了一会儿说："好的，让我们试试。我们真的要去闯一闯吗？"莫莉有些摇摆不定。

"你待在这儿，我跑过去在那扇门上敲三下，"杰克马上做了决定，"一有光亮，你马上跑过去。"

"哦，杰克，小心点儿。"莫莉带着哭腔喊道。

杰克已经开始行动了。他用脚碰了碰"地面"，找出最粗的树枝，然后勇敢地踩上去。让他高兴的是，他发现走过去其实还挺容易的，他们所有的害怕都是多余的。

"好了，莫莉。"他开心地喊了起来，"走过去可容易了。稍等一下，我快到门前了。"

他到达了另一边的黏土台阶上，然后痛痛快快地使劲儿敲了三下。

随着一阵低低的"嘎吱"声，门缓缓地打开了，光一下子倾泻进来，这时莫莉快速跑了出去，轻松地越过树枝。转眼，他们两个人已经站在门外，门在背后关上了。

3 树外的世界

两个孩子万分惊讶地看着眼前陌生的景象。这是一个他们从未见过的地方，而且，显然，这地方离他们家只有十分钟的路程——它就连着家里花园尽头的小树林。以前他们一直认为自己熟知小树林的每一个隐僻处和每一个角落，熟知他们房子周围几英里[1]范围内的田野和小巷。然而，这里却有一个他们从未见过的地方，而且，更让他们困惑的是，傍晚时

[1] 1英里约等于1.6千米。——编者注

分柔和的霞光和落日余晖代替了林子里环绕着他们的月光和黑暗。他们还站在同一棵老树旁。小树林原本应该继续向前延伸四分之一英里的，一直延伸到霍特家的玉米地边缘。但是现在，就在白色的宽阔的大路边，小树林突然消失了。左边，大路蜿蜒而上，一直延伸到一座大山上。你可以看到，这条路像一条白色的缎带蜿蜒向前，路两边长着一簇簇绿色

和棕色的树。山顶上，也就是道路尽头，远方城市的白墙和屋顶闪着光。右边，道路继续穿过两个孩子所在的小树林，随着斜坡一直向下蜿蜒而去，在燃烧着的绛红色和金色的晚霞中，渐渐消失。

杰克和莫莉往前看看，又往后看看，一切都静悄悄的，目光所及，一个人影也没有。他们被路对面树丛中升起的一缕蓝色的烟吸引住了，那烟从一个红屋顶小屋的烟囱里袅袅升起。树荫掩映的小屋位于小树林边缘，看起来就像有一半藏在了横跨马路的小树林里，使它显得温暖而舒适。

两个孩子不知所措地看着对方，然后转过身去，仔细地看了看身后的巨树，不过看得再仔细对他们也没有什么帮助。那确实是同一棵树，但这里却并不是同一片树林。诡异的事情发生了——这里甚至不是他们原先待的那个国家。他们再次仔细打量起这条路，观察周围的事物，侧耳倾听。但是，四周静悄悄的。他们又把目光移到了袅袅上升的蓝烟上，那是他们视线内唯一的生命迹象。

"最好找人问问我们到哪儿了。"杰克盯着烟说。

"那东西去哪儿了？"莫莉刚开口，突然停住了，"嘘，那是什么？"

她拉着杰克的袖子把他拽到树荫下。夜空中飘来一阵缥纱的声音，似乎是从远处传来的。很明显，那是两个人的声音，因为当声音越来越近，两个孩子可以听到一个响亮而快活的声音，那声音源源不断地传来，中间还不时夹杂着咕哝声。过了一会儿，大嗓门的那个人的声音变得清晰起来。

"胡说八道！"那人尖叫道，"你必须振作起来，父亲。来吧，来吧，别在乎，嘲笑它，还有，啧——"

大嗓门发出啧啧声："它在哪儿？"

另一个人咕哝了几声，但声音实在太轻了，两个孩子根本听不清楚。

"那是什么？"大嗓门问道，"不，不是你，但是我会告诉你将要发生什么事情，你听完会郁闷死的。"

"唉，别提那个，别提那个！"那个低低的声音提高了音量，充满恳求，"不要提到瓜，格兰，不要，我求你了。瓜让我想起那些柠檬[1]，还有那个——还有——"

"从现在开始，你就再也别想着那个了。"大嗓门命令道，"来吧，来吧，振作起来。"

[1] 瓜的英文是 melon，柠檬的英文是 lemon，两个词发音近似。——编者注

两个说话的人穿过小树林，朝两个孩子站着的地方走来，莫莉和杰克看见他们了。其中一个长得胖乎乎的，身穿一件白色的罩衫，戴着白色的面包师帽，胡子刮得干干净净，面色红润，脸上挂着愉快的微笑，

他正是大嗓门的那一位。
他的同伴和他形成了鲜明
的对比，他又老又瘦，脸
色很苍白，留着一把长
长的白胡子，穿着一件
华丽的深色长袍，腰间
挂着很多钥匙。看到
杰克和莫莉，
两个说话的人
忽然停住了，

随后又慢慢地向前走来，一边走一边窃窃私语，还不时瞄对
方一眼。

　　莫莉向前走了几步。

　　莫莉很礼貌地说："如果你们愿意的话，能否告诉我，我
们这会儿在哪里？"

　　"小女士，能告诉我们，你们是谁吗？这才是更重要的。"
年轻男人愉快地说。

　　"我是莫莉，这是我的弟弟杰克。"莫莉答道，但是这个
回答似乎没有让年轻男人弄明白他们的身份。

　　年老的男人用他小小的、无光的眼睛盯着他们看了好一

会儿，然后用手指紧张地捻着胡须。

"我们刚过来——穿过那棵树来的。"杰克自告奋勇地说，一边指着他们身后的巨树。

"穿过树来的?"年轻男人和老人同时喊道。

"那么，你们就是从'不可能世界'来的啰。"年轻男人兴奋地高声说。

"我们住在英格兰。"杰克神气地说。

"也许吧。我不知道什么英格兰。但如果英格兰在树的另一边，那么它就是在'不可能世界'。"

"你为什么管英格兰叫'不可能世界'?"

"在我们的地理书里，它就叫这个名字。这里是'可能世界'，一直都是，除了——"年轻人瞟了老人一眼，老人把头转向一边。

"别提那个。"老人咕哝道。

"父亲，你得快乐起来。"年轻人喊道，"振作起来。别在乎——喷喷，记住，那东西已经走了。"他低下头鼓励地对身边又瘦又小的老人笑了笑，尽管儿子努力想让老人高兴起来，可老人却比任何时候看起来都要低落。

"我们在这片树林里玩了那么多次，为什么从来没有发现还有一条路通往这里呢?"杰克问道。

"虽然你们绕着那棵树走过许多次，但你们从来没有真正穿过那棵树，"年轻人说，"每棵树都有两面，就像每个问题都会有两种截然相反的答案一样。当你绕着问题打转的时候，你能想到两种答案吗？不能。只有进入问题，你才能看到问题的这一面和另一面。所以，当你们只是在树旁边走来走去的时候，当然找不到你们现在站的这个地方。但是当你们走进大树的时候——啧——"

他摊开双手："看啊！你们到这里了！这简直太简单了。"

经年轻人一番解释，这事听起来确实合情合理，而且相当简单，但杰克和莫莉仍然感到非常迷惑。

"但是你为什么管我们的那个地方叫'不可能世界'？"杰克问。

"因为那地方到处都是不可能的东西。"年轻人答道。

"不可能的人，不可能的想法，不可能的法律，不可能的房子，还有那么多不可能的苦难和不公正，以及不可能的谈话。对于任何可能的生灵来说，要住在那地方都不可能，但是我们送——"年轻人说到这里，老人脸上的肌肉抽搐了一

[1] 毛茛是一种多年生草本植物，开黄色花，广泛分布于亚欧大陆的温带草原。——编者注

下，"对不起，父亲，你得允许我告诉这位小女士和她的弟弟他们到底在哪里。我明白。你去那棵树下坐吧，想想毛茛花 [1]。"

"但是它们有着柠檬的颜色。"老人脸部的肌肉又抽搐了一下，虚弱地说。

"并不是所有的都这样——想想那些不是柠檬色的毛茛花吧。到那边去吧。我不到两分钟就能跟他们解释完。"

年轻人拍了拍父亲的肩膀，他的父亲拖着步子踩着树叶走到了几码[1]开外的树下。老人坐了下来，仍然一边摇头看着地面一边咕哝着。这时，年轻人对杰克和莫莉解释了老人如此消沉的原因。

[1] 码是欧美国家常用的长度单位，1 码约为 0.9 米。——编者注

"事情是这样的！"他转过头去看了父亲一眼，确保他听不到，"数百年来，这里一直就是'可能世界'，在这里，让任何人快乐都是有可能的。但是有一段时间，一股邪恶势力渗透进这片土地，使这里变成了'不可能世界'。就是因为这个邪恶的东西，我的父亲——国王的谋士之一——失去了他在宫中的地位。整个国家都蒙上了阴影。"

"这时候，老南希——她住在那边的小屋里，"他指着路对面那个烟囱冒着烟的红屋顶小屋，"老南希发明了一种咒语，她拯救了我们——她把那个邪恶的东西驱逐到了'不可能世界'，我们的世界重新变成了'可能世界'。最近，我父亲常被噩梦困扰，当年灾祸降临我们国家时，这个梦就经常

造访。他害怕灾祸再次降临，而我们的国家也将再次变成'不可能世界'。"

"他梦见了什么？"莫莉问道。

"柠檬。"年轻人说，"我没有办法把他从深深的忧郁中解救出来。这很奇怪……"

年轻人接着说："那时，当我们的国家重新变为'可能世界'后，我可怜的父亲似乎是这个国家唯一一个没有高兴起来的人。对他来说，被逐出皇宫是一个巨大的打击，虽然他们已经把他召回皇宫并给了他另外一个职位。我猜他可能是老了，所以那些梦——"

有那么一会儿，年轻人一脸严肃："不管怎么说，梦嘛，也说明不了什么，这点我敢肯定。既然现在你们已经到了我们这个'可能世界'了，你们愿意看一看、逛一逛吗？不过进城前，恐怕你们得弄个通行证之类的东西，因为你们是从'不可能世界'来的。不过那应该没什么问题。你们可一定要来找我们喝茶哦。父亲失去皇宫里的职位后，我做起了一份小小的面包糕点生意，我现在还开着店呢——做松饼和葡萄干小圆面包，这工作挺带劲儿的。我还专做醋栗果酱泡芙。我以前做过一些非常棒的柠檬乳酪蛋糕，但自从我父亲做了那些关于柠檬的梦之后，我就只好不做这种蛋糕了。看到那蛋糕会让他想起关于柠檬的梦境，他受不了。"年轻人说得有点儿上气不接下气。

"我们愿意去城里逛逛，从哪里能拿到通行证？"莫莉问。

"但是，我们一直追踪的那个东西怎么办？"杰克插话道，他忽然想起了他们穿越巨树追踪的东西，结识新朋友的乐趣让他们暂时忘记了那个南瓜，"我们刚才忘记了，不是吗？莫莉？嗯，我们刚才真的在追踪一个南瓜。"杰克一边说一边转向年轻人。

"什么东西？！"年轻人的声音陡然变成了尖叫，他的眼睛也一下子瞪得圆圆的。

"一个南瓜，"杰克有点儿犹豫地说，"一个灰色的南瓜。"他说这话的时候显得有些沮丧。

"父亲！父亲！他回来了。"年轻人神经质地转过身去，喊了起来。

"回来了！"老人重复着儿子的话，他站了起来，蹒跚着向他们走来，"回来了？什么回来了？不会是那个吧？"

"是南瓜回来了。"年轻男人喘着气说，他那愉快的脸变苍白了，他的手也在发抖。

"哦，我的老天！"老人喊了起来，眼睛里流露出极度的恐惧，两只手绞在一起，"我怎么警告你来着！我怎么警告你来着！我说那些柠檬就意味着麻烦。我的老天啊，我们该怎么办啊！"

父子俩一时间慌乱地盯着对方。

"格兰，我们应该怎么做？我们应该怎么做？"老人声音颤抖着，从头到脚都在战栗。

"那个南瓜去哪里了？"被叫作格兰的年轻人一边问一边转向孩子们。

"我们不知道啊。"莫莉说，她被这两个人的不幸遭遇给吓到了，"那东西在我们前面穿过那棵树，我们一直跟着他，等我们穿过那棵树之后，他却消失了。"

"我得走了，我必须警告大家。我必须立刻走了。我的老天啊。"老人抽泣着，转过身去，跟跟跄跄地向白色的大路走去，然后迈着摇摇晃晃的步子快速爬上面向城墙的那座山。他一路蹒跚，不停地抽泣着、咕哝着，喋喋不休。他腰间的钥匙响个不停，好像忧郁的伴奏。

"如果那东西回来了，那么我们的国家又会变成'不可能世界'了，"格兰抱怨道，"上次我们的国家就是因为那个灰南瓜才变成'不可能世界'的。你们能不能快点儿告诉我，事情是怎么发生的，关于灰南瓜你们知道些什么，你们第一次看到他是在哪里？"

两个孩子快速地向格兰解释事情发生的经过，格兰站在那里，不时地点头，每隔几秒钟就转过头去看他父亲远去的背影。

　　"我挺好奇你们是怎么发现应该在树上敲三下的？"他轻声说，"只有在满月的时候才能那么做。你们不知道吗？我以为你们可能在玩耍的时候偶然发现了这个秘密。从'不可能世界'过来的某些人也这样做过——那是很多年前的事情了。好吧，继续说吧。"

　　两个孩子讲完了他们的故事。

　　"哦，现在南瓜的事情讲得差不多了。"格兰说，"那么现在，可能发生了什么事——老南希肯定忘记施那个每天都要用的日落咒语了……不，不，她永远不会忘记的……她从来没有忘记过。这事有蹊跷。我们得立刻去找老南希，看看发生了什么。来吧。"

　　格兰急急忙忙地穿过大路，向对面的小木屋走去，两个孩子紧跟着他。一到小木屋门前，格兰就重重地敲起了门。

4 老南希为什么会在日落时间睡过头

小木屋里没有声音，三个人在门外焦急地等了一两秒钟，接着格兰又开始敲门，这回敲得更响了。寂静的傍晚，格兰的指节敲在棕色木门上的声音格外清晰刺耳。他们等待着。

"老南希！"格兰喊道，"有人在吗？"但还是没有人回应，格兰把门插关儿抬了起来，发现门根本没锁。他推开了门。

他们发现自己进入了一个老式的、天花板低矮的屋子，到处都是明灭不定的火光投射的影子。屋外的树丛挡住了微弱的阳光，所以屋里的光线非常昏暗，以至于稍远处角落里的东西就看不太清楚了。一个古色古香的红砖壁炉几乎占据了房间的一整面墙，壁炉边的椅子上有一个蜷缩的身影。

"老南希！老南希！"格兰一边气喘吁吁地喊，一边往屋子里面走，"老南希，怎么了？"

那个身影依然没有动弹。格兰弯下腰，轻轻地摇晃她的肩膀。

"说真的，这事有点儿蹊跷。"格兰喊道，凑过去细细地打量椅子上的人，"她……不，她没有死……她还在呼吸！"

他往后退了一步，凝视着椅子上睡着的人："她不是自然睡着的，我真不希望是这样。如果我没有弄错的话，那个灰南瓜应该和此事有关。"

"我们应该做什么？"莫莉警惕地低声说。

"如果有可能的话，我们必须把她弄醒。老南希！老南希！醒醒！"格兰喊了起来。他又摇晃了一下她的胳膊。格兰的声音里充满绝望，两个孩子鼓起勇气向睡着的老南希走去，他们想一起帮助格兰唤醒老南希。

壁炉中的火在老南希身上投下了晦暗的红光，莫莉看着老南希的脸，觉得这是她见过的最亲切最温柔的脸。虽然老南希的脸上布满

皱纹，但她的皮肤看起来很干净，她的表情中流露出满满的仁慈和说不出来的力量，她雪白的头巾下露出纯白的头发。

"哦，请你快醒过来吧。"莫莉说着把她的手放到老南希的膝盖上。

老南希微微动了一下，她的头左右转了转，发出一声叹息。然后，她缓缓地睁开了眼睛。她的目光扫过莫莉、杰克，最后落在格兰身上。她坐直身子，用手抹了一下眼睛，恍惚地注视着眼前的一切。过了一会儿，她的目光重新回到了莫莉身上。

"你是谁?"她问道，声音很低，"能告诉我发生什么事情了吗?"

回答老南希的人是格兰。

"太阳已经落山了，"他一脸严肃地说，"你还在睡觉。"

老南希喊了一声，跳了起来。

"不，不，格兰！这不可能！"她喊道，"噢，我做了什么?！我做了什么?！现在不可能到日落时间。"

她急忙走向窗户，往窗外看了一眼。只要看一眼夜幕降临中的乡村就足够了。她转身离开窗边，慢慢地走向椅子，坐下来。她整个人都陷进了椅子里，脸埋在双手间。

屋里死一般寂静。一块炉渣从火苗上落下来，落到红红的炉膛里。

"好吧，好吧，"格兰清了清嗓子，想要说得愉快点儿，"我们可以想办法弥补的。为洒出的牛奶哭泣是没有用的，老南希，来吧，来吧，你要藐视灾难。我们应该团结一心，看看我们能做些什么。我们现在首先应该做的是什么？"他勇敢地微笑着，杰克和莫莉也鼓起了勇气，事情看起来乐观多了，虽然他们几乎不知道眼前的这一切意味着什么。

"这么说，那东西回来了？"老南希问道，边说边把头抬起来。

"那个南瓜？是的，他回来了。"格兰说。

"那现在一点儿时间都不能耽误了。"老南希坚定地说。她努力坐得直直的，让自己振作起来。

"这事是怎么发生的？——我指的是你睡着的事。"格兰问道。

"我不知道，"老南希说，同时困惑地皱了皱眉头，"我从来没忘过在日落时分施咒语。我想我肯定是被人下药了。那南瓜肯定在这个国家还有一些追随者，可能是他们中的一个给我下的药——我不知道他们是怎么做到的，他们肯定很小心地找了一个机会，这样我就能在日落前睡着……我记得日落半小时前我还在往外看，看太阳，然后我坐了几分钟……

其他事我就一点儿都记不起来了。南瓜是什么时候回来的?"

"大概半小时前吧。"格兰回答。

"他是穿过那棵大树过来的,"杰克说,"我们一直跟着南瓜。"

"这么说来,你们是从'不可能世界'过来的,"老南希咕哝着,"那就是我送南瓜去的地方。现在,恐怕这里也会很快变成'不可能世界',除非——"

她诚挚地看着两个孩子的脸,微微笑了笑。"你们能留下来帮助我们吗?"她问道,"帮我们把这里重新变成'可能世界',好吗?"

"我们会留下来的。我们愿意!"杰克第一个说。

"不过——不过——妈妈怎么办?"莫莉打断杰克。

"我会先告诉你们关于南瓜的事的来龙去脉,"老南希说道,"然后你们再决定是留下来帮助我们还是回家。如果你们决定留下来,我会想办法尽量让你们的妈妈不要太着急,等你们完成在这里的事情,就把你们送回妈妈身边。那么你呢,格兰?你决定做什么?"

"我父亲已经赶去通知城里的居民,让他们提高警惕。"格兰说,"我想我会跟他在一起,看看我能做些什么,接着我会回来看看这位小女士和她的弟弟做出了什么样儿的决定。

不过他们在行动之前，最好听你讲讲南瓜的故事。"

格兰边说边摘下帽子挥舞了一下，然后打开门。

"振作起来，蔑视不幸吧！记住，喷——我们一定要赢！"他面带微笑地喊道，说完就走了。

"来，坐到这块毯子上来，"老南希说，"首先告诉我，你们对南瓜知道多少，然后我会告诉你们为什么在我们国家，这个南瓜会让人如此恐惧，我还会告诉你们南瓜为什么会变成现在这样。"

杰克和莫莉坐了下来。他们对老南希讲了他们所了解的南瓜，以及他们是怎样碰巧追踪南瓜来到这里的。接着，老南希给他们讲南瓜的故事，他们认真听着，被老南希低沉而温柔的嗓音和善良的目光深深吸引住了。

5 谁在灰南瓜里

老南希梦悠悠地凝视着火光，开始了她的讲述："很久以前，一位伟大的国王统治着这个国家。国王有一个独生女儿，被他视为掌上明珠。国王的女儿是一个长相甜美、身体虚弱的小女孩——可以说是非常娇弱甜美。尽管被细致地照料和关爱，小公主还是越来越虚弱，直到最后几乎所有人都知道小公主快要死了。国王在女儿身上倾注了所有的爱，投入了大笔金钱，请医生治疗，让护士照料，能做的都做了，但还是无能为力，他非常绝望。

"一天晚上，有一个人在皇家图书馆书架后面找到了一本破旧的老书。没有人知道这本书属于谁、为什么会在那里，但这本书确实是无价之宝，因为里面记载着治疗小公主病症的药方，这个药方非同寻常。我现在用不着告诉你们药方的所有内容，我只告诉你们其中最重要的一味药就足够了——

34

南瓜汁。不用说，国王绝不会放过任何救女儿的机会，他立刻命人买来了所有能找得到的南瓜，按照药方熬好，让小公主服下。从服用第一剂药开始，小公主的病情就有了明显的好转，服用了一段时间，奇迹发生了，小公主越来越强壮，很快康复起来。"

"然后呢?"

"首先，你们要知道，为了得到足够的南瓜，那位心情大好的国王特地建造了一个花园，里面种的全是南瓜。他还雇了一批园丁专门照看这个花园。每天，他都会亲自去花园看南瓜长得怎么样了。一天晚上，可怕的暴风雨横扫了整个国家，电闪雷鸣，风雨交加。在南瓜花园，一件奇怪的事情发生了。第二天清晨，花园里一个南瓜也没有了，整个国家似乎一个南瓜也找不到了。但毁掉南瓜的并不是暴风雨。在夜色和暴风雨的掩护下，有人悄悄来到南瓜花园，故意把南瓜从藤上剪了下来，并毁掉了它们。

"这个人——虽然一开始并没有被发现——是一个邪恶的小矮人，他对国王满怀怨恨，企图用这种办法来报复国王。

"这还没完。当小公主的护士去取药的时候，发现药一丁点儿都不剩了。所有瓶子都被摔成了碎片，瓶子里宝贵的药水洒得满地都是。

"国王非常难过，连忙差遣信使到全国各地寻找南瓜，可是一个南瓜都没有找到。从那时起，小公主的身体每一分钟都在变得更糟糕。她的病情越来越重，人也越来越虚弱。眼睁睁看着女儿刚好转的病情再次恶化，红润的脸颊再次变得苍白消瘦，整个人像一朵花一样渐渐枯萎，你能想象出这对一个父亲来说是多么悲伤的事情。国王想尽了一切办法想要得到南瓜，但是这片土地上的南瓜似乎一夜之间全部消失了。

"最后，小公主生命垂危，而束手无策的医生们只能相顾无言，沉重而无奈地摇头。国王在女儿房间外的走廊上不停地踱步。他在等待着，他的身心被焦虑和渴望折磨着。就在这时，一个信使带着一张便条回到了皇宫，便条里说有人找到了一只南瓜！南瓜的主人只愿意亲手把南瓜交给国王，而不愿交给其他任何人。(便条里继续写道)希望陛下能亲自来到这座城市的某个地方，走进某座房子(便条里写了房子的地址)，在这座房子里，有一个人会亲手把南瓜交给国王。国王觉得很奇怪，那个拥有南瓜的人为什么不立刻把南瓜送到皇宫里来？但国王没有时间追问了，他立刻动身前往城市里的那座房子。

"那是一座古色古香的小房子，国王在房子里见到了一个小矮人。(那时候，国王还不知道这个小矮人就是在暴风雨之夜摧毁南瓜花园的人。）小矮人立刻开始向国王倾诉自己的冤情，而那些所谓的冤情都是他自己想象出来的，而且他认为那是国王造成的。但随后他就发现，国王并非罪魁祸首。这里面有一些误会，他说的其中一个冤情国王甚至从来都没有听说过。当小矮人意识到因为自己的一时失误而无端使小公主陷入生命垂危的境地，而且自己所做的这些刻毒、邪恶的事情都没有正当动机时，他陷入了不理智的狂怒中。（当人们误解别人的时候常常会有这样的反应。）于是，小矮人开始咒骂和责备国王，最后还想用南瓜和国王做交易。小矮人说他把那个南瓜藏起来了，如果不满足他的要求，他就不告诉国王那个南瓜藏在哪里。国王一心想得到那个南瓜，他开始恳求小矮人，后来命令小矮人马上把南瓜取来。为了救女儿的命，他出多少钱都愿意。但是小矮人还要和国王讨价还价，一再拖延，直到国王失去了所有的耐心。国王和小矮人之间爆发了一场激烈的争吵。他们争吵的时候，门外响起了'嗒嗒'的马蹄声，接着有人'咚咚'地敲门。房子里怒气冲天的争吵声停止了，寂静中响起了丧钟的声音。国王知道，他心爱的女儿死了。

"国王回到了皇宫里，同时命令信使拘捕小矮人，把他关进皇宫的地牢里。国王说：'你要为我女儿的死负责。'

"后来，当小矮人的背信弃义变得天下皆知的时候，国王发现，小矮人并不是暴风雨之夜唯一一个摧毁南瓜的人，还有其他人帮助他摧毁南瓜。对小矮人来说，凭一己之力清除乡间所有的南瓜几乎是不可能的。这是一场有预谋的破坏行动，小矮人是主谋和发起人。其他人只是服从小矮人的命令，并不知道小矮人的动机，也不知道这场恶作剧会导致多么严重的后果。他们不应该承担和小矮人一样的责任，事实上，他们连一半的责任都不用承担。他们中的一两个人被拘捕了，受到了轻微的惩罚。还有一些人躲过了搜捕。小矮人的罪过最重，他理所当然受到了最严厉的惩罚。

"接下来我要说小矮人受到的惩罚了。这个国家仅剩的一个南瓜被找到了，它被藏在花园里。南瓜被送进了皇宫，借助一点儿魔法，小矮人被关到了南瓜里面——至今，小矮人还在南瓜里。

"据说小矮人获知他即将面临的惩罚时，变得暴怒无比，发誓说如果这惩罚执行的话，他会让国王和国王的臣民们后悔，直到永远。

"大家都嘲笑小矮人的威胁，随即执行了对他的惩罚。那时，一位非凡的老魔法师刚好经过这个国家，他让那惩罚变得更加万无一失。他念了一个咒语，那个巨大的黄色南瓜缓缓打开了——就像它自己张开了大嘴巴。小矮人被举了起来，他在空中挣扎着、尖叫着，然后被放到了南瓜里面。魔法师挥舞了一下手臂，南瓜重新关上了。魔法师又挥舞了一下手臂，一种奇异的灰色阴影立刻笼罩在南瓜上，就是这灰色的阴影使小矮人被囚禁在南瓜中。如果南瓜还是黄色的，小矮人或许会在南瓜里面咬出一条通道，强行跑出来。灰色阴影是魔法的一部分。

"随后，国王召集了一个智者议会，讨论如何处理灰南瓜。有的智者建议把灰南瓜保存在博物馆里（并向参观者收取六便士一次的参观费）。有的智者建议把灰南瓜埋在城市最深的地牢里，以防小矮人逃出来。议会中的第三派嘲笑前面两个建议，极力主张把灰南瓜扔到城门外高路[1]边的臭水沟里。第三派的发言人是个聪明但又有些鲁莽的、非常雄辩的年轻人。他

[1] 高路（High Road）是故事中对城门外大路的叫法。——编者注

嘲笑把南瓜放在博物馆或地牢中的建议过于小心谨慎，还把后一种建议看作对魔法师善意帮助的莫大否定。他问议员们是不是不相信那个让南瓜紧紧关闭起来的咒语，问议员们有

什么人——小矮人、男人、女人还是小孩——能被关在南瓜中二十四小时后还活着。不，那小矮人绝对活不了了。把那南瓜扔到城墙外去，以显示大家对那东西的鄙视吧。

"年轻人还说了很多，最后，他的建议被采纳了。灰色的南瓜由一行庄严的队伍抬到城门口。在无数的嘘声和啧啧声中，灰南瓜被扔进了城墙外的臭水沟里。那位提出这个建议的年轻议员在那激动人心的时刻得意忘形，他冲上去，对着静静躺在沟底的南瓜狠狠踢了一脚。这一行为得到了围观者的欢呼和赞叹。然后，他们看到那个被年轻人踢得团团转的南瓜已经落到了离他们十几码远的高路上，正缓缓地滚下山去。围观的人群沉默了，他们只静静地看着。灰南瓜滚啊滚，从山上的城市一直滚下山，经过我的小屋门口——我还记得——他继续滚啊滚，最终消失在高路尽头的黑森林里。

"然后，从那时起，我们的麻烦就来了。那个小矮人遵守了他的誓言，让我们受尽折磨。小矮人在那片黑森林的什么地方，学会了某种黑魔法——没有人知道他是怎么学会的，跟谁学会的。我们所知道的就是从那时起，他拥有了某种魔法力量，一个接一个的不幸降临我们的国家——都是灰南瓜引起的。灰南瓜所到之处，就会发生不幸的事或者什么恶作剧。我没法儿告诉你们他和他的追随者干的那些可怕的事情。

那些追随者就是当初帮助他摧毁南瓜的人，你们还记得吧。那些人被惩罚后马上来到了南瓜身边，好像被南瓜施加了某种邪恶的影响。他们人数不多，却遍布全国。南瓜里的小矮人一有需要，他们就立刻出现来帮助他。南瓜用他掌握的魔法把那些人伪装起来，所以我们根本认不出他们。但是没有南瓜，那些追随者根本就没有力量。被南瓜折磨了很长一段时间后，我们终于发现了把灰南瓜从我们的世界驱逐到你们的世界中的办法，他在你们的世界里没有办法作恶。自从灰南瓜被驱逐以后，他的追随者就变成无害的普通人了，直到现在。

　　"这就是灰南瓜变成如今这个样子的前因后果。灰南瓜所仇恨的国王很多年前就去世了，另一个国王接替了王位。那个年轻的议员，那个雄辩的、给出不明智建议的年轻议员，被逐出皇宫。如今，他已经变成了一个胆怯、爱抱怨的老人。他的前途从一开始就因南瓜事件被毁了，他也是一个失意的人啊。你们已经见过这个曾经鲁莽冲动的年轻人了，就在刚才，小树林里。他就是格兰的父亲。"

6 黑叶子

"南瓜做了什么可怕的事情，让大家都这么怕他？"莫莉问道。

"他做了特别可怕的事情。"老南希说。

"他的复仇对无辜的人来说真是太恶毒了。"杰克评论道。

老南希继续说道："最糟糕的是，没有人知道他拥有多大的邪恶力量，也不知道他会对我们国家的人做出什么样儿的事来。显然，他也有弱点，有些事看起来似乎是他没法儿做到的。比如，他没法儿向前滚得很快，他总是以同一种速度慢速前进。他也没法儿爬墙或者爬树，不过他能滚上山。只要你别让南瓜碰到，他就没法儿伤害你。"

"如果他——那个小矮人——没法儿从南瓜里出来，那他盯上什么人的时候，他会对他们做什么呢？"莫莉问道。

"向他们滚去，然后触碰他们——轻轻地碰一下——然后

怪异的事情就发生了。他们可能会被变成某种奇怪的动物，或者身体缩小到几英寸[1]高，有时还会突然发现自己的鼻子或眉

[1] 1 英寸约等于 2.54 厘米。
——编者注

毛不见了，还有比这更糟糕的事情，都可能发生。南瓜造成的不幸事件简直超乎想象，而且多半是无法恢复的。"

"哦，天啊！"莫莉听得不寒而栗，"你是用什么办法驱逐南瓜的？你是怎么把他送到我们的世界去的？"

"我正要告诉你们呢。"老南希停顿了一会儿，继续说道，"我也算得上是一位魔法师。"两个孩子快速地抬头看了她一眼，对她的话感到很吃惊。老南希低头和善地对他们微笑，她温和的脸让他们感到安心。

"作为一个魔法师，我发明了一种咒语，可以把南瓜从我们的国家送到'不可能世界'去。我把他变成了一个针垫，一个灰色的针垫，然后把他送到你们的世界。我以为他在你们的世界就没法儿作恶了。接下来的事情你们就知道了。我当时深信我们已经永远摆脱他了——我们本来是可以的，只要我坚持做一件事。每天傍晚日落时分，我必须把脸转向西沉的太阳，展开我的手臂做出某种手势，重复几句咒语——这是魔法的一部分。只要我每天晚上都这样做，南瓜就没法儿回来，我们的国家就是安全的。但是我知道，只要任何一

个晚上，我比日落晚一分钟做这些，约束南瓜的咒语就会失效，南瓜就会回来。老南希的脸上露出悲伤的表情。"今天傍晚，"她说道，"我没有在日落时分说出咒语——南瓜已经回来了。我敢肯定是南瓜的其中一个追随者在阻挠我施咒语。虽然我不知道他到底是怎么做到的。"

"你不能用咒语再次把南瓜变成一个针垫吗？"杰克问道。

"不行。"老南希摇摇头说，"那个咒语只能使用一次，一次！我不知道其他的咒语了。"

"那我们到底怎样才能——"杰克刚开口就被打断了。

"耐心点儿。"老南希说，"在我们国家，有一个尽人皆知的阻止南瓜作恶的办法。但是人们没法儿做到，因为找不到黑叶子……当小矮人被塞进南瓜里时，在小矮人的花园里，原来长南瓜的那株南瓜藤变成了黑色，上面挂着一片巨大的黑色叶子。十三天后，它仍然保持原样——然后，忽然间，那黑色的叶子消失了。每年，它都会出现在我们国家不同的地方，十三天后又突然消失。最近几年我们没有寻找这片黑叶子，因为没有必要。但还是有人看到过这片黑叶子。现在，我们非常需要它。如果你们能找到黑叶子，就把它摘下来，然后把脸转向西边说出一些词语，我会告诉你们这些词语。这时，无论南瓜在哪里，他都不得不来，然后你们必须用黑叶子触碰南瓜——这样就可以控制南瓜了。在我发明驱逐南瓜的咒语之前，我们一度非常绝望，因为没有人能找到黑叶子。而现在，原来的咒语失效了，我也不知道其他咒语，在找到黑叶子之前，我们别无他法。这就是我希望你们两个能留下来帮助我们的原因。外来人常常有好运气。"

"哦，我们必须留下来帮助你们，"杰克激动地喊道，"我们不应该留下吗，莫莉？"

"我很愿意留下来，"莫莉说，"但是我们不应该让妈妈知道吗？这样她就不会着急了。"

"如果你们决定留下来，"老南希说，"我会想办法让你们的妈妈不会因为你们不在而焦虑。我会给她捎个信儿的。"

"那我们就留下来。"两个孩子当下就做了决定。

"我很高兴你们能留下来。"老南希简单地说，"而现在，无论你们中的哪个人发现了黑叶子，都要记住：马上摘下那片叶子，然后面朝西，说'到我这里来，灰南瓜！我以黑叶子的名义命令你'！你们记住了吗？"

杰克和莫莉重复了一遍老南希教给他们的话，确保自己记住了。老南希继续说："当南瓜出现的时候——因为他必须出现——当他向你滚来的时候，用叶子触碰他，要快，在他碰到你之前就要触碰他。这样他就没法儿伤害你了，无论你去哪儿，他都不得不跟随你了。"

"我们应该把南瓜领到哪里去？"莫莉问。

"把他带到我这里来。"老南希严肃地说。

"有些事情我想问问你。"杰克说，"但是我一下子想不起来了……哦，想起来了……南瓜知道黑叶子在哪里吗？"

"我们对这个也不是很确定，即使他知道黑叶子在哪里，也没有什么用。我的意思是，他不敢碰黑叶子——那对他来说是致命的。不过如果他知道黑叶子在哪里的话，他会看住黑叶子以防你们得到它。但无论南瓜知不知道黑叶子在哪里，他都会阻止别人得到它。一旦南瓜发现你们在找黑叶子，他肯定会试图拖延你们或者困住你们。他很快就会知道你们想做什么了——他的某个追随者肯定会告诉他的。所以，你们要小心南瓜和他的那一小帮追随者。比起被南瓜抓住，你们被南瓜的追随者抓住的可能性更大。因为你们能一眼看到南瓜，却不能一眼识破他布下的圈套和密探。这一点我没法儿帮你们。最简单的办法就是，你们要非常非常小心，除非有十足的把握，否则不能相信任何人。当然，格兰和他的父亲，还有城里的任何人都不会有问题——因为只有凭通行证，才能进入城门。如果他们是南瓜那边的人，就没法儿拿到通行证。"

"南瓜那边的人有没有可能找到叶子?"杰克问道。

"他们也没法儿触碰叶子，即使他们知道叶子在哪里。"老南希答道，"但是他们能守着叶子，南瓜也能这样做。"

"如果黑叶子每年只出现十三天，你们怎么知道是哪十三天呢?"莫莉若有所思地说。

"小矮人被放进南瓜那天我们举行了一个庆祝会，这十三天就是从庆祝会那天开始的。"老南希说，"这一切好像命中注定，昨天是庆祝会纪念日，所以黑叶子这会儿已经冒出地面了。我相信你们能成功，亲爱的。"

老南希紧张地绞着双手："在黑叶子找到之前，如果南瓜想抓住你们，一定要赶快逃跑，别为此感到羞愧。在没有摘到黑叶子之前，你们没有足够的力量抗衡南瓜和他的魔法。记住，他只能通过触碰你们来使用魔法并伤害你们。千万别让他碰到。"

"如果我们看到南瓜来了，我们肯定会拔腿就跑，"杰克说，"或者爬到树上或别的什么东西上去。"

"哦，好主意。"老南希说。

"我感觉我们将要做的是一件非常危险的事情。"莫莉说。

"这件事确实很危险，你们很勇敢，愿意去做这件事。"老南希说，"这需要勇气和毅力。我认为你们两个人都有勇气，也都有毅力。但是我觉得你们其中的一个人——只有一个人，最终会成功。"

"哪一个？"杰克和莫莉都急切地喊道。

"啊哈！"老南希神秘地摇摇头，"我没法儿告诉你们更多了……现在我们得马上行动起来了，没有时间可浪费了。你们在这里稍等一会儿。"

她从椅子上起身，对孩子们微微笑了笑，向前走去。房间被火光映照着，她一直走到房间尽头，从门口走了出去。

杰克和莫莉一动不动地坐着，安静地凝视着阴暗而朦胧的房间。他们后来再也无法描述那一刻被孤零零地留在房间里的感受，甚至对自己也说不上来。他们并不害怕。一种古怪的感觉爬上他们心头——他们都很确定房间里有什么人或者什么东西和他们在一起，虽然他们也同样确定房间里什么都没有。房间里有一种神秘的、幽微的气氛，影子在老南希的房间里舞蹈着，没有任何影子是这样在墙上舞蹈的。烟从他们眼前的大烟囱升起，幻化成各种古怪而迷人的形状，那样的形状是别的烟雾没有的。更不可思议的是，屋里的椅子上明明是空的，他们却感到每一把椅子上都挤着什么东西。

"我也算得上是一位魔法师。"莫莉轻轻地重复了一遍老南希的话，然后对杰克点了点头，"你知道吗？我能感觉出老南希是魔法师。"

"我也能感觉出来。"杰克低语道，声音听起来有点儿嘶哑。两个孩子认真对视了几秒，然后转过头，发现老南希正站在门口看着他们。她向前走来，走进被火光照亮的地方。两个孩子看到老南希手里拿着两个小背包，看起来有点儿像小孩在学校用的书包，不过更小更结实。这两个包是黑色的软皮做的，上面有长长的肩带。

"这是你们的背包。"老南希笑着说。

"在旅途中，你们会发现它们的用处。这个是你的，"她对莫莉说，然后转向杰克，"这个是你的。现在，打开包，把里面的东西拿出来，我会向你们解释它们的用处。"

两个孩子向老南希说了声"谢谢"，急切地解开了包上的搭扣，把手伸了进去。两个人包里的东西完全一样：一个

封起来的信封，一盒火柴，一小包正方形的棕色的东西——看起来像是焦糖。

"信封里装的是你们进城的通行证，到城门时把通行证交出去。你们要小心保管通行证，没有通行证是不会让你们进城的。这两个盒子里的火柴不是普通的火柴——虽然看起来很像。我想它们可以帮你们渡过一两个难关。你们要谨慎地使用火柴，因为盒子里的火柴并不多。千万别在白天点亮火柴，到天黑看不见时再用。"

"我们就像平时划火柴那样划吗？"莫莉问。

"就像平时那样划。小袋子里的棕色小方块是在你们没法儿弄到食物、非常饿的时候给你们吃的。吃了它能够让你们马上恢复精神——这是我特制的。还有这个，"她转向杰克，把一个东西递给他，继续说，"这只拖鞋给你。我看你只穿了一只鞋子。"

"咦，我穿着啊。"杰克喊道，这才发现自己的一只拖鞋已经不见了，"奇怪，我在哪里丢的拖鞋啊？"（可怜的拖鞋，它没有参加这场冒险，因为它被落在"不可能世界"了。你也许还记得，它躺在花园尽头的栅栏边。）

"我一直没注意到。真是太谢谢你了。这只拖鞋非常合脚。你怎么知道我脚的尺码？"杰克问。

"噢，我就是知道。"老南希笑了，然后就什么都不说了。

她帮两个孩子扣住包上的带子，告诉他们一进城就会知道这次寻找黑叶子行动的计划了。"我希望我能给你们一些魔法来防卫南瓜，"她说道，"但这是不可能的。黑叶子是唯一能伤害到他并拯救我们大家的东西。亲爱的孩子们，你们要万分小心啊……啊！"她忽然发出一声尖锐的惊呼声。

"这是什么？发生什么事情了？"杰克和莫莉都喊了起来。老南希此时正站在那里，盯着她向前伸出的左手。

"这么说，他就是这么干的，"她喊道，"看！快看！"说着，她把手伸给他们看。她的中指上有一个深灰色的记号，从指根一直到指尖。

"这是什么？"莫莉再次问道。

"这是记号，"老南希情绪激动地低语道，"看到没有？灰色的！这是灰南瓜的记号！这肯定是他的哪一个密探干的，他让我睡过头了，错过了日落时间。但为什么今天他们有能力做到？他们已经失去魔法很久了。"老南希喃喃自语。

"在你们的世界里，南瓜会不会发生了什么事情，使他能够把邪恶魔法传递到我们的世界？这样他的密探们就能开始运用黑魔法了。你能回忆起在你们那边的时候，发生过什么事情吗？"她急切地问莫莉。

莫莉很努力地回忆起来。"因为南瓜当时是一个针垫的样子，所以我在上面插了一根针。"她说。

老南希用一种奇怪的眼神凝视着莫莉。"是不是在月光下？"她问道，"当你把针插上去的时候，是不是月光刚好照着它？"

"是的，"莫莉紧张地说，"哦，是不是因为这样才造成了这一切？我实在太抱歉了——那么说，南瓜回到你们的世界，全是我的过错？"

"不，不，"老南希说，"不怪你。你那会儿怎么会知道呢？是我的错，我不够小心谨慎，要不然他们不会找到机会给我下药。"

她快步走向窗户："是的，看这里，就在窗台上。这里有灰色粉末的痕迹。我知道发生什么了。今天傍晚早一些的时候，当我走出这个房间——我只出去了几分钟，我记得，是的，刚好是在日落之前，一定有人打开了窗户，把粉末撒在窗台上，希望我能在日落时分来到窗前，然后我就会把手放在窗台上，碰到那些粉末了。我确实如他们所愿地那样做了。那些粉末肯定有魔法，能让我睡着。我很奇怪我怎么没有注意到那些粉末……算了……说这些已经于事无补了。我们得马上行动起来。"

但莫莉仍然觉得，现在的状况部分是由她引起的，她很庆幸自己和杰克决定留下来。她觉得最起码他们可以试着去找黑叶子。

时间已经不早了，格兰还没有回来，两个孩子决定先出发了。老南希觉得两个孩子最明智的做法是尽快到城里去。她告诉他们一定会在山上遇到格兰——他肯定因为什么事情耽搁了。

"再见，亲爱的孩子们，再见。"老南希说，"在我们再次相遇之前，我会一直想着你们的。祝你们好运。"

两个孩子在暮色中向着那座山的方向出发了，留下老南希一个人站在门口。炉火在她身后的房间里发出温暖的光。

7 格兰及时打开了城门

两个孩子轻快地走着，道路两边的城市灯光和幽暗的森林从他们身边掠过。所有的一切都是那么静谧祥和。在他们头顶上，月亮也现身了。似乎很难想象，恐惧的阴云正笼罩着他们要去的那座城市。他们离山顶越来越近，有钟声飘进了他们的耳朵里。

"我想知道为什么敲钟。"莫莉说。

"可能是某种警告吧，"杰克推测道，"告诉人们南瓜回来了。"

莫莉感觉自己正在发抖。"要不我们再走快点儿好吗？"她说，"我希望我们能尽早到城里去。你觉得呢，杰克？"

于是，他们加快了步伐。

"我希望我们能遇上格兰，"莫莉继续说，"我们应该不会和格兰错过吧。我们会吗……你确定你把通行证放好了？"

"我确定。"杰克说,"我应该是把通行证放回背包里了。"说着杰克把手伸进背包确认通行证在不在。他往外拿得太猛了,结果装通行证的信封掉到了地上。这时,一阵强风吹来,信封被裹挟着在地面上翻来翻去,杰克急忙把信封从强风中夺回来。他刚把信封放进背包,莫莉突然叫了起来,他连忙转过身去看发生了什么事情。

莫莉站在那里,死死地盯着山下。"噢,杰克!杰克!快看!"她喊着,一边用手指着他们左边幽暗的黑森林。离山脚大约三十码的地方,有什么东西正缓缓地从黑色的树影中显露出来。

那东西正是灰南瓜。

他在洒满月光的路上不紧不慢地滚着,停了一会儿,然后转了一下身,向两个孩子所在的山坡滚上来了。

"快跑,别因此而感到羞愧。"老南希曾这样对他们说过。所以他们两个一点儿都不感到羞愧,拔腿就跑。在找到黑叶子之前他们没有足够的力量和南瓜抗衡,他们可不想在寻找黑叶子之旅刚开始时就被南瓜拦住。所以,他们用尽力气跑了起来,跑啊,跑啊,一直跑到离城门很近的地方,他们听到响亮的钟声从城里传出来。

"杰克,噢,杰克,我……我……跑不动了。"可怜的莫莉气喘吁吁地说，"噢，我们现在该怎么……怎么做啊？"

"我们马上就到了，坚持……坚持住……姐姐，差一点儿……一点儿就到了，我们马上……马上就到了。"杰克喘着气说。

最后，他们奋力一搏，向前冲刺，到达了城门口。

杰克的身体猛地撞在城门上，他用拳头使劲儿敲门，又从路上抓起一块大石头，不停地敲打城门。同时，莫莉也抓起旁边粗重的钟链子猛力拉了起来。

这是一个很古怪的城门——更像是一般的门，而不是一座城市的门。它由实心的铁做成，在门的上部，莫莉和杰克头的上方，有一个小小的方形洞口，人们从洞口望出去就能看到谁站在城门外。

杰克绝望地看了一眼似乎高不可及的白墙和黑铁门，继续用石头猛烈地敲击铁门，并用尽全力大喊，希望有人能救他们。如果城门不打开，他们似乎没有别的办法逃跑了。杰克回头看看身后，南瓜正悄无声息地向前滚来。

"即便我们现在一口气跑到树林里也不行，莫莉，"杰克喊道，"南瓜把我们的路给切断了。快，使劲儿拉，大声喊起来。"

于是莫莉更用力地拉钟链子，大声喊叫，希望有人能来开门，让他们进去。

突然，在喊叫声和钟鸣声之外，出现了另一种声音。门里传来了"咔嗒"声。随后，一张脸出现在洞口。

"开门!"杰克喊道，"快! 快! 我们有通行证! 打开城门，救救我们!"

城门里传来了嘈杂的低语声，还有钥匙叮当作响的声音。忽然，有人一声尖叫："快看! 快看! 在山上呢。是南瓜! 别开门，别开门! 是南瓜的密探!"

"我们不是密探，不是密探，"杰克喊道，"喂，救救我们，救救我们! 我们是有通行证的。让我们进去，南瓜在追我们，快救救我们! 看在老天的分上，开开门吧!"

城门里的声音越来越响，听起来还很愤怒。很明显，人们并不相信他俩。

"噢，杰克，杰克! "莫莉尖叫道，"他就在我们身后了，杰克!"

杰克转过身去。让他万分惊恐的是，南瓜马上就要滚上山顶了，离他们两个非常近。杰克顾不了太多了。他把石头举到头顶，然后用尽全力把石头向又大又圆、正向前滚动的南瓜砸去。石头砸中了南瓜，发出沉闷的"砰"声。南瓜被打得退了几步，他停了一下，很快又回到了刚才的位置。

这时，在喧哗声、叫骂声、钟鸣声的片刻安静中，有一个声音透过骚乱的人群传来——杰克和莫莉听到远处传来了跑步声。一个熟悉的声音响了起来："嗨，这里发生什么事了啊？"

几十个声音同时响了起来，想对跑过来的人解释发生了什么。

听到格兰的声音，莫莉呜咽着松了一口气。"噢，是格兰！"她喊道。

"格兰！格兰！"两个孩子恳求道，"快打开城门救我们。噢，快点儿！"

格兰的脸出现在了洞口。

"天啊！"他用他的大嗓门喊道，"快！快给我钥匙！我知道南瓜来了，但是如果我们现在不打开城门，门外的小女士和她的弟弟就会……给我钥匙，给我钥匙！密探？呸！怎么可能！"

又响起了一阵钥匙的叮当声，接着传来开门锁的声音，最后，巨大的铁门被打开了。

杰克和莫莉冲了进去，格兰"砰"地关上他们身后的大门——非常及时。只要晚一分钟，南瓜就可能进来了。

"南瓜不能靠触碰来打开大门吗？"杰克拉着格兰的袖子，

激动地喊道。

"不，不，他做不到！"格兰说道，他踮着脚插上门闩，并用挂锁把门锁起来以确保安全，"谢天谢地，南瓜的魔法有弱点！"

杰克和莫莉发现自己被激动的人群包围了，人们好奇地打量着姐弟俩，既不害怕也不愤怒，因为刚才格兰已经对姐弟俩表现出了友善。大部分人都在聊天、对着大门摇手，但有一些人眯着眼睛打量姐弟俩，然后和旁边的人窃窃私语。还有一些人默默地阴郁地注视着姐弟俩。这群人看起来仿佛属于一个奇特的族群。这些"可能世界"的居民穿着五花八门、令人目不暇接的衣服，没有任何固定的款式。显然，每个人都是根据自己的喜好或职业来穿衣的。而这其实是最合情合理的穿衣方式。繁多的款式和缤纷的颜色让人赏心悦目，至少当杰克和莫莉看着眼前生气勃勃的景象时，他们是这么想的。

"你们不用担心，"一个慈眉善目的女人说，她穿着深蓝色的连衣裙，头上戴着深蓝色的帽子，脖子上戴着一串暗黄色珠子串成的项链，"我们已经很小心地用一种魔法液洗过城门了，南瓜没法儿碰城门，城市另一头的城门他也碰不了。我们得把两扇城门都好好锁起来，以防南瓜的同伙进来给南瓜开门。"她直直地望着杰克的眼睛，又望着莫莉的眼睛，脸上露出了微笑。

这时，格兰已经锁好了城门，正把钥匙还给看门人。看门人是一个身材高大，看起来有些自大的先生，他长着棕色的胡子，穿着绿色的罗宾汉式的衣服，这会儿似乎正在生气。

"对不起，当时来不及了，所以没有经您允许就把城门打开了。"莫莉和杰克听格兰说，"事态紧急，您也看到了。刚才门外站着的是想来帮助我们的小女士和她的弟弟。"

"你刚才从我手里把钥匙抢过去是不对的，"看门人绷着脸说，"如果他们俩是密探的话，你们可能会给我带来无尽的麻烦。那么，他们的通行证呢？"

格兰示意杰克和莫莉把通行证拿出来。

"如果你们不介意把通行证给这位先生的话——"他说道。

"哦，没错，就是这个。"杰克和莫莉把他们的信封递给看门人，他接过信封，打开仔细地检查。

看门人缓缓地点了点头。"这下可以了，"他边说边看向格兰，"但以后你要小心点儿，年轻人。这可能会造成很严重的后果。"

格兰的眼睛一眨一眨，闪着光。

"您的建议让我受益良多，"格兰说道，"我抢了您的钥匙真是万分抱歉，我要向您致以最诚挚的歉意。当然，您刚才不知道谁在门外，不知道他们处于什么样儿的危险中……现在，一切都好了，不是吗，先生？"

"现在没问题了，就像我刚才说的。"

"谢谢，那么，再见啦。而现在，"他转向两个孩子，"经过刚才那些事情，你们这会儿肯定非常非常累了，你们愿意跟着我，到我那儿去吗？我父亲和珍妮特阿姨见到你们肯定会很高兴，他们一定会欢迎你们的。"

杰克和莫莉欣然同意，格兰在人群中挤出一条道来，他们紧紧地跟在格兰后面。

走到人群外围时，莫莉对格兰说感谢他到城门来救他们，但格兰没有听到。

"以我的生命保证，我还能为你做些什么？我的小女士。"他说道，"我对你们两个充满信任，相信你们俩能帮助我们。我希望你们能到我家来，好好休息一个晚上，明天早上我们会告诉你们该去这个国家的哪些地方搜寻，到时候你们就可以开始冒险之旅了。"

"看起来我们已经开始冒险之旅了，"杰克说道，"今天一整天都像是在冒险。"

"你说的没错，"格兰说，"但接下来还有更多冒险呢。我们明天再来想这些。今天晚上你们肯定已经非常累了。我很高兴看到你们毫发未伤。我来找你们的路上被耽搁了。不知道为什么，我当时就很确定，你们听了老南希的故事后会决定留下来。我本应下山和你们会合，结果半路上被太多人给拦住，他们想知道那个坏消息是不是真的——就是南瓜是不是回来了，另外我还有很多其他事要做，我还要回家去让珍妮特阿姨为你们准备好东西，因为你们有可能会跟着我回家，所以我赶到城门口的时候刚好让你们进来。"格兰停了下来，有点儿上气不接下气。

他们一直都走得很快，现在两个孩子可以清楚地看到，他们进入了一座非常美丽的城市。皎洁的月光下，所有的东西都是纯白色的，都在熠熠发光。房子、墙、屋顶、烟囱、前门、门扇、人行道、大马路……一切都是白色的，洁白无瑕、一尘不染。奇怪的是，这样看起来并不觉得单调。白色的东西成了绝妙的背景，衬托着那些色彩各异的花朵、树木和人们身上的衣服。今晚，城市里到处都是矮矮的影子，那是月光下的东西投下的影子。格兰和两个孩子拐进了一条窄窄的有些坡度的街，在街的中间，一条闪亮的河流向前奔腾而去，河水从铺满卵石的河床上溅起，发出动听的潺潺声。街上大多数房子看起来都古色古香，顶部向外展开。他们经过这些房子的时候，莫莉发现所有房子的窗户上都挂了窗帘，五颜六色。有一座房子的窗帘全是蓝色的，而另一座的窗帘则是深琥珀色，还有一座房子的窗帘是热情的深红色。窗帘和亮闪闪的窗户相互衬托，显得异常美丽。白色的房子、色彩缤纷的窗帘、每个窗户外开满鲜花的花坛给两个孩子留下了深刻的印象。他们告诉格兰，他们觉得这一切十分迷人。

"'可能世界'。"格兰说道，然后摇摇头并竖起手指。钟声正飘向他们。

"我猜这钟声是用来警告人们的，不是吗？"杰克问道。

格兰点了点头。"但是我们很快就会改变钟声的调子，不是吗？"他说道，"当黑叶子被找到的时候，响起的将是庆祝的钟声。谁要是找到了黑叶子……啊，哈！"他会意地眨眨眼睛，然后对两个孩子摇摇自己的食指。"那将会是一个无与伦比的日子，"他微笑着说，"你们可要小心，别让我赢了，因为我也要参加寻找黑叶子的行动。我们明天早上再细说这件事。"

他们在这条起起伏伏的街道的最高处，穿过了一个露天广场——广场的中央有一个集市——然后拐进了另一条窄窄的街道。这条街上也有那种极富特色的屋顶往外凸的房子和商店。他们继续往前走，几乎碰不到什么人。很多人还在西边的城门那儿，其他人确定南瓜这会儿在南边的城门外，觉得城里应该是安全的，开始往家走。

大概走到半条街的时候，格兰在一间门窗紧锁的商店门口停了下来，商店上面一层向外展开，就像一条皱着的眉毛，而下面一层就像一只深陷的眼睛，因为它的位置往里缩了一点儿。格兰变戏法似的从白色上衣口袋里拿出一把钥匙，插入侧门的锁孔，轻轻地把锁打开了。

"我先进去，行吗？"格兰说道，"走廊上没有灯，你们说不定会被什么东西给绊到。"

杰克和莫莉跟着格兰进了屋，犹犹豫豫地站在门垫上。格兰大步走进走廊，在房间另一头打开了一扇门。一线微弱的光悄悄溜进来，屋里没那么黑了。熟悉的低语声传了出来。

"来吧，到这儿来，"格兰喊两个孩子，"可以帮我关上前门吗？非常感谢。"

这是一个小小的房间，走廊尽头有一个圆桌，桌子中央放着一个带灯罩的灯。格兰的父亲坐在桌前，手肘放在面前摊开的一本大书上。他两手托着头，手掌遮住了耳朵。他注视着孩子们走进来，脸上流露出深深的忧郁。一个面容和蔼、神态悠闲的老妇人正俯身凑着火炉，搅拌着锅里的东西。

"天啊，这两个孩子看起来真是累坏了！"她看到两个孩子时，喊了起来。

"珍妮特阿姨，这就是我跟你提过的小女士和她的弟弟。"格兰说，"给他们用的东西都准备好了吗?"

"是的，亲爱的，"珍妮特阿姨答道，"床都是新铺的，舒适又干净，床上的被褥都晒过了。这里有一大碗给他们两个人喝的肉汤，哎呀，其他的东西一两分钟就能做好。亲爱的孩子们，先坐下来，好好歇一歇，珍妮特阿姨很快就会把东西都准备好。"

"他们这会儿肯定累坏了，"格兰说道，"南瓜一直追着他们到山顶。"格兰放低了声音。

但格兰的父亲还是听见了。"发生什么事了?"他悲悲切切地问道，一边把手从耳朵上拿开。

格兰只好跟父亲解释城门那儿发生的事情，讲述了南瓜差点儿进入城门的险况。老人聚精会神地听着，每当格兰停下来喘气的时候，他就会呜咽几声，每当格兰提到南瓜的名字，他都会瞪大眼睛。故事快讲完时，他连忙再次捂住耳朵，俯身贴在他的书上，轻轻地嘟哝着他"没法儿忍受钟声"。

"我可怜的父亲，"格兰心疼地说，"这事确实让他难过。"

杰克和莫莉对热乎乎的肉汤很满意，珍妮特阿姨刚才还很为他们两个担心，这会儿看到他们一下子就把冒着热气的肉汤喝得底朝天，她就高兴了起来。

"孩子们，好好睡一觉，前头还有困难的事情等着你们呢。只要充满勇气，任何事情都能做好。"格兰说。他对他们微笑着，祝他们晚安。这会儿，他的父亲还在悲伤地摇着头，一边叹着气，一边用无力的双手轻轻抱了抱两个孩子。

珍妮特阿姨点燃了两支长蜡烛，然后小心地护着蜡烛走上又高又窄的楼梯。楼梯通往房子的顶层，那儿有两个小房间，每个房间里都有一张白色的小床。房间里挂着的窗帘也是刚刚洗过的。

"晚安，亲爱的，"她说道，"吹灭蜡烛的时候小心点儿。我希望这里的东西能满足你们的需要。"她说话的时候，眼神特别温柔可亲。"我以前有一个小女孩和一个小男孩，"她说，"我知道他们愿意让你们用他们的东西——如果他们知道你们来了的话——所以我把他们的东西都拿出来给你们用了。他们那会儿刚好和你们一样大，我——还有他们——晚安，亲爱的。"她忽然弯下腰，亲了亲两个孩子的前额。

8 珍妮特阿姨戴上了她最好的帽子

早晨，一道阳光透进窗户，沿着地面一直爬上莫莉的枕头，唤醒了沉睡中的莫莉。她猛地坐起来，看着周围陌生的一切，迷惑了好一会儿。然后她想了起来，接着发出一声长长的叹息，又在床上舒舒服服地躺了几分钟，一面把发生的事想了一遍。

她想，一切看起来都很奇怪，就像奇妙的梦境，又并不真的是梦境。她和杰克正在经历一场实实在在的、激动人心的冒险。在这场冒险中，他们扮演了重要的角色。寻找黑叶子的结果会怎样呢？他们会找到黑叶子吗？老南希说他们两个人中间只有一个人会成功是什么意思？莫莉很想知道，自己和杰克不能一起找黑叶子吗？她希望杰克不要被送到某个地方，而自己被送到另一个地方。她试着回想关于南瓜的那些信息和警告，越想越感到他们所面临的任务是多么艰巨。

莫莉伸长手臂，摸到了放在床边椅子上的衣服。她马上把老南希给她的礼物——那盒火柴——抽了出来，聚精会神地检查起来。这是她第一次有空检查火柴。这看起来只是一盒普通的火柴，只不过盒子上没有写制造者的名号，盒子外面只包了简单的深蓝色包装纸。莫莉数了数，盒子里差不多有十几根火柴。"不知道杰克得到的那盒火柴是不是和我的一样多。"莫莉想。这时，她听到远方的钟敲了七下，她把火柴放回背包，从床上跳了起来。

穿衣服的时候，她注意到刚才那庄严的钟声消失了。

下楼前，莫莉爬上一把椅子，往窗外看，这会儿楼下的街道上人来人往，人们已经开始做起了早上的生意。阳光普照，所有的东西都看起来干净而新鲜。一阵微风拂过莫莉的脸，十分温暖，还散发着怡人的味道。所有那些挤进她脑子里，试图改变她乐观态度的小小疑虑和恐惧都烟消云散了。在这样一个完美的早晨，莫莉觉得所有事都是可能的，都会有好的结果。她轻快地跳到地上，哼着歌儿跑过房间。

门边的地上有一片阳光，当莫莉停下来系鞋带的时候，她看到那片阳光里有一个奇怪的形状。那影子看起来像一个南瓜！莫莉吓了一跳，急忙转过头去看，但什么都没有看到。当她再看那块被太阳照亮的地面时，影子消失了。

"哎，那肯定只是飘到太阳跟前的云投下的影子。"莫莉说着就释然了，"我刚才可真傻。"

尽管如此，莫莉还是忽然觉得很沮丧。她不再哼唱，也不再用平常那样轻快的脚步跑下楼梯，而是慢慢地走下去。路过杰克的房间时，她看见房门大开着，里面是空的。看来杰克已经赶在她前面下楼了。

"是的，他半小时前就起床了，这会儿去后花园了，"珍妮特阿姨告诉她，"亲爱的，你昨晚睡得好吗？去告诉你弟弟，三分钟内早餐就好了。好吗，亲爱的？"

珍妮特阿姨在里屋的食品储藏室、火炉和早餐桌之间忙个不停。早餐桌看起来非常诱人，上面摆了五套餐具。无论是松脆的黑面包，还是白色桌布中央插满黄花的长颈花瓶，一切都干干净净，井井有条。

莫莉穿过打开的后门，走到花园里去找杰克。花园长长的、窄窄的，里面种满了灌木、花卉，中间还有蜿蜒的小路。在花园的尽头，六棵高高的榆树站成一排，莫莉看到杰克和格兰的父亲正站在那里热切地交谈着。

"喂，莫莉，"杰克看到莫莉，对她喊道，"到这里来，看

这里。"

莫莉向花园尽头走去，看到杰克和老人正注视着树下一个装满干土的深红色花盆。

"这位先生，嗯，他正在跟我说——你猜说什么，莫莉?"杰克兴奋地说，"有一年，黑叶子就是从这个花盆里长出来的!"

"哦，"莫莉倒抽了一口气，然后充满敬畏地注视着那个花盆。它看起来那么普通，没有任何迹象表明它曾和魔法有关联。

"当然了，小姐，"格兰的父亲悲伤地解释道，"那一年，把黑叶子摘下来也没有用，因为那会儿南瓜不在。除此之外，南瓜只因怨恨而来，没有别的原因——我管这叫纯粹的怨恨。黑叶子就像以前一样，只是来嘲弄我的。我一看到它就受不了——特别是当我们够不着南瓜的时候——那会儿他在你们的世界。"

"如果那会儿你把黑叶子摘下来了，会发生什么?"杰克问。

"什么都不会发生。十三天后，黑叶子会枯萎，而摘掉后花盆里的植物可能不会再长出来了——不过我也不能确定。如果花盆里不再长出植物来，我们今年怎么才能得到黑叶子呢?"

"嗯，"莫莉说，"您没有摘那片黑叶子是对的，假如它再也长不出来了——那么这回就没有希望摆脱灰南瓜了。"

"除非老南希发明另一个咒语。"杰克说道。

老人阴郁地摇摇头，用手指理了理胡须。

"不，"他说道，"我有种很真切的感觉，我们有一天会需要黑叶子。我经常说南瓜会从……从你们的世界回来。然后，我做了那些梦——"

"哦，今年黑叶子为什么不从您的花盆里长出来？"莫莉感叹道。

"黑叶子从不会从同一个地方长出来。"格兰的父亲咕哝着说。

"有时候会的。"莫莉说。

但老人只是摇头。

"珍妮特阿姨叫我们去吃早饭呢，"莫莉说，"她让我来叫你们吃饭。走吧。"她带头走上了通往后门的小路，杰克和格兰的父亲跟在后面。

"你们刚才在花园里做什么啊？"珍妮特阿姨看到三个人一脸认真，喊了起来，"我敢肯定，你又在看那个旧花盆了吧。你真该为自己感到羞愧。"她说着，对格兰的父亲摇摇头。"在这样一个早晨，吃早餐前还为那个倒霉的旧花盆费心。要我说，就该把那个又丑又旧的东西给砸了，做个了断——尽管我知道你把那个花盆视为珍宝。"她不理会老人投来的带着责备的目光，有点儿不耐烦地把几个碟子搁在桌子上，"对已经过去的不能挽回的事情耿耿于怀、懊悔不已，这有什么好处呢？我们只能努力改变未来，我们应该把精力放在未来的事情上，让未来比过去更好。格兰！格兰！格兰上哪里去了！谁去喊一声格兰？他在店里！"

格兰已经听到了珍妮特阿姨的声音，他立刻从连通客厅和面包店的玻璃门里走了出来。

"大家早上好，早上好！"他喊道，一边微笑着，一边搓着手，"这真是完美的早餐啊，绝对是。昨天那么紧张、辛苦，这位小女士和她的弟弟昨晚休息得好吗？"

"我休息得非常好，谢谢。"莫莉说。

"我睡得很沉。"杰克说。

"哦，那就好，"格兰说，他在桌旁坐了下来，周围的位子上都已经坐满了人，"看看我们的好阿姨做了什么好吃的？哇，炒鸡蛋！太棒了，实在太棒了！这真是一个完美的早晨。在这样美好的一天，有谁会难过得起来呢？"

他看起来情绪高涨，蘸盐的时候还哼唱了起来，他的父亲直翻白眼，以表示对儿子那无可救药的欢乐劲儿的无奈。

"来，来，父亲，今天早晨怎么样？"格兰继续说。他把父亲的椅子往桌边推，还把一块餐巾塞到父亲的下巴下面，好像他父亲还是个坐在高脚椅上的小宝宝。

"他又跑到旧花盆那儿去了。"珍妮特阿姨说。

"怪老头儿。"格兰微笑着说，向父亲摇了摇自己的调羹。他父亲对格兰的玩笑话无动于衷，脸上没有一丝微笑。

杰克对格兰的坚持不懈感到惊奇，格兰总是想让父亲高兴起来，却从未成功。杰克开始怀疑这个老人是不是不会微笑，然后努力想象老人微笑的样子，确实，他实在想象不出来。

"吃完早饭，如果父亲心情不错，并保证不把葡萄干从小面包里弄出来，可以让他去照看面包店。这位小女士、她的弟弟、珍妮特阿姨，还有我，就戴上我们最好的有珠子装饰的帽子，穿上有松紧带的靴子，戴上棕色的棉手套——"他对珍妮特阿姨认真地眨了眨眼睛，"出发去弄清楚寻找黑叶子的计划，然后确定每个人要搜寻的地方。"

"我和杰克能一起去找吗？"莫莉急切地问。

"只要你们希望如此，当然可以。"格兰说道。

"我们当然希望一起去找喽，不是吗，莫莉？"杰克说。

莫莉立刻表示赞同，她希望他们两个能一起赢或者一起输。

吃完早饭，当珍妮特阿姨去穿戴她那有珠子装饰的帽子、有松紧带的靴子、棕色的棉手套时，格兰带两个孩子参观了面包店。店里摆放着许许多多的蛋糕、小点心、酥饼和面包。格兰告诉他们，这全都是他在面包店旁边的烘焙房里亲手做的。面包店就像这座房子的其他地方一样，舒适又干净。格兰戴着白色帽子，穿一身白色衣服，站在柜台后，对周围的人开心地微笑着。这样的情景能让每一个人的心亮堂起来——除了格兰的父亲。

"你不在家时，你父亲能帮着照看这里，真不错，"莫莉发表自己的意见，"但我记得你说过你父亲又在皇宫任职了，还得到了法庭里的一个职位，你说过的吧？我想，他穿着天鹅绒长袍、带着钥匙就是因为这个吧。"

"没错，"格兰说道，"但那只是一个不怎么重要的位置。你也看到了，他年纪越来越大了——他只需要每周四和周五出现在法庭上就行了。待在法庭上让他心情舒畅。空闲的时候，他会做各种各样的事情来打发时间。呃，他来了。"当他父亲蹒跚地走进面包店时，格兰说道："父亲，小心点儿，我们不在的时候你好好照看店里的东西，好吗？还有，你最好穿上这个，否则会把那可爱的天鹅绒长袍给弄脏的。"

格兰脱下他的白围裙，让他父亲穿上。白围裙套在华丽

76

的天鹅绒长袍上让老人看起来很滑稽，尽管老人一脸忧郁。格兰微笑了起来。他两手叉腰，微微侧着头，打量着父亲，又笑了起来。格兰的笑容太有感染力了，杰克和莫莉再也忍不住，跟着笑了起来。三个人眼泪都笑出来了，还是停不下来。这时，珍妮特阿姨来了，她已经准备好出发了，这会儿过来看看这边为什么这么吵。

"可怜的老父亲……我们这么笑真是太不应该了……但真……真是太……"格兰用袖子擦干眼睛，又笑了起来。

但格兰的父亲没觉得有什么可笑的，他继续慢慢地、忧郁地掸着秤上的灰尘。

"这些果酱泡芙两便士一个，对吗？"他问道，并不关心自己指着的东西究竟是什么。

"你的父亲有没有笑过，哪怕一次？"他们一走出面包店，杰克就问格兰。

"在我的记忆里他没有。"珍妮特阿姨说，"而我帮他料理家务差不多有二十年了。"

"我能回忆起来的只有两次。"格兰答道，"但那是很久以前了……等我们找到黑叶子，他说不定就会笑了。"

他们沿着街向前走去，走进集市广场。这里在白天呈现出与晚上完全不同的景象。晚上，月光下的集市广场看起来昏昏欲睡、静谧祥和。而现在，它苏醒了，商店都开门了，人来人往，一派繁忙热闹的景象。

"你刚才说我们先去哪里？"杰克问。

"我刚才没有说啊，"格兰说，"但是我想你们应该能从珍妮特阿姨的帽子上猜出来，我们要去一个非常特别的地方。"

"亲爱的，我们要去皇宫。"珍妮特阿姨插嘴道。

"去皇宫！"两个孩子喊了起来，"我们要去见国王吗？"

"当然啦。"格兰说。

这时，他们的注意力被人们奔跑和喊叫的声音吸引住了。他们看到市场的交叉路口处迅速聚集起很多人。"怎么了？""发生什么事情了？"附近的人们相互询问，但都不清楚到底发生了什么事。于是，人们挤进推推攘攘、情绪激动的人群中，想亲自探个究竟。

"你们在这里等一会儿，"格兰说，"我过去看看。别跟过来，我们会在人群中走散的。我不会去很久的。"

格兰把两个孩子和珍妮特阿姨留在一个古色古香的小茶馆前，自己向前冲去，很快消失在向交叉路口涌去的人群中。谁都按捺不住激动的心情。让杰克和莫莉听格兰的话在这儿等着，可真不是一件容易的事，特别是当闹哄哄的人群中不时冒出一声喊叫，传来出于同情或愤怒的叹息声。这让他们感到，有什么不同寻常的事情发生了。

　　但他们还是等待着。过了几分钟，他们看见格兰从人群边缘挤出一条路来。他匆忙地向他们走来，表情异常严肃。

　　"跟我来，"他说着抓住两个孩子的胳膊，没等他们问问题，就把他们带走了，他示意跟在后面的珍妮特阿姨尽量走快一点儿，"别往后看，没用。我们什么都做不了，没法儿帮忙。那是南瓜的受害者之一，有人在城墙外找到了他。"

　　"南瓜对他做什么了?"杰克喘着气说。

　　"把他的两条胳膊都变没了，还在他脸上留下了一个可怕的灰色印记。那个人看起来痛苦极了。我很庆幸你们俩没有看见他的惨状……我们没法儿帮他……除了一样东西。"格兰说。

　　"黑叶子?"莫莉问。

　　"这是唯一的希望。"格兰说。

9 制定搜寻计划

他们从广场出来后走上了一条开阔的大道，大道两边种着美丽的树。他们能看到大道尽头的大门，还能隐约看见大门后面树木掩映的王宫，透出闪耀的白色。唯一清晰可见的是四座高出树尖的白塔。他们四个人走过大门前那段宽阔的大理石阶梯，经过哨兵的岗哨，哨兵似乎和格兰很熟，他们顺利通过，继续向王宫的入口走去。

杰克和莫莉对眼前的美景赞叹不已。布满藤蔓的墙壁和王宫的白塔矗立在树木之间，一条小河蜿蜒其中，在阳光下闪耀着动人的光。在通往王宫的宽阔大道和通往王宫大门的开阔阶梯上，川流不息的行人穿着颜色各异、色调明暗不一的美丽衣服。站在远处，无论目光投到哪里，你都会以为簇拥着的繁花的倒影在那儿移动。如果真是繁花的倒影，穿着白色衣服的格兰经过，可能就是一段白色树干的倒影，莫莉是蓝白相间的蔓长春花[1]，杰克则是深蓝色的风信子，而全身棕色装扮的珍妮特阿姨就是一片巨大的秋天的叶子。

他们加入了移动的人流。攀爬阶梯时，格兰告诉两个孩子，人们都是为了同样的事情来到这里的。他们将加入即将开始的有组织的搜寻黑叶子的行动。他们很快就到了王宫的大门前，立刻就被领进一个开阔的大厅，大厅四周镶嵌着深色的橡木。（虽然城市里所有建筑的外墙都是白色的，但两个孩子已经注意到，建筑的内部颜色缤纷、风格各异。）

大厅里已经挤满了人，在大厅那一头的高台上，国王的议员们——一群智慧博学的男人和女人——围着一张长桌而坐。一开始，杰克和莫莉看不太清楚，当聚集的人群安静下来，人们开始鞠躬的时候，两个孩子从人们低下的脑袋上看过去，才看到一个重要人物走进来了。珍妮特阿姨轻轻推了他们一下，他们更加确定走进来的人很不一般。他们抬起头时，看到了国王。

国王正值中年，身材高大，体格健美，有一张刚毅的、胡须刮得干干净净的脸。两个孩子很喜欢他的外表，用"从头到脚都是国王"这句话来形容眼前的这位国王真是再贴切不过了，虽然他没有像故事书里那样头戴王冠，或者穿天鹅绒长袍。他只是简单地穿了一件外套，让杰克模模糊糊地想起海军上将的制服。

"他看起来是个很正派的人。"杰克低声对莫莉说。

国王对人们说了几句欢迎的话后，把一位议员叫了上来，让他讲述南瓜回到"可能世界"的事。这位议员是一个看起来很机敏、长着浓密白胡须的小个子男人，他是从老南希那里听来南瓜回来的故事的。唯一没有答案的问题是：给老南希下药，帮助南瓜回来的叛徒是谁？他们希望找到黑叶子后能够解开这个谜。

这位议员说完故事，坐了下来，大厅里充满了"嗡嗡嗡"的窃窃私语声。人们交头接耳，谈论着刚刚听来的故事，并就从各处听来的关于这个故事的夸张说法交换意见。

国土再次站起来时，人们又安静下来。他对南瓜回来的事简单发表了几句评论，然后开始说早上与议员们开的紧急会议上讨论的搜寻黑叶子的计划。

"为了保证每一寸有可能长黑叶子的土地都被搜寻到，我们已经制定了一张城市和所有偏远村庄的地图，这个王国的土地都被包括在地图里了。我们的王国是唯一一个黑叶子能生长的王国。记住，我们把这张地图分成一些小的方块，现在，我们想让你们做的就是选择地图中的一个小方块，这个小方块你们可以带走，彻底地搜寻小方块上标注的每一寸土地。

"用这种方式搜寻，黑叶子迟早会被找到——除非有人搜寻得不细心或者拖延了计划。在黑叶子消失之前，我们只剩下十一天的时间搜寻它了——如果在十一天内没有找到黑叶子，南瓜还会在我们的王国逗留一年，直到黑叶子再次出现，我们还得再次搜寻。

"我们建议那些自愿搜寻城外土地的人们两人一组一起搜寻，因为一个人面对南瓜会非常危险。如果两个人一起搜寻，当一个人搜寻到有难度的地方或休息的时候，另一个人就可以望风。"

国王又特别强调了一些注意事项，关于警惕密探和南瓜为阻止搜寻设下的陷阱。然后又继续解释当黑叶子被找到的时候，应该做些什么，重复了杰克和莫莉从老南希那里听过的话。

国王继续说："黑叶子找到以后，全国各地都会发出信号，所有的搜寻行动就可以停止，然后大家各自返程回到城市，回到老南希小屋旁的山上，观看南瓜受罚。远近各处的山顶会点起烽火作为信号。好消息到达城里时，钟声会响起。"

"陛下，会不会有这样的可能，南瓜的某一个同伙在黑叶子被找到之前点起第一处烽火来阻止搜寻黑叶子的行动？"大厅里的一个人问道。

"不会，"国王答道，"我们是这样安排的，只有摘下了黑叶子并把它拿在手里的人才能点起第一处烽火。每一处烽火都有专门的守卫保护着……好吧，我承认，我们已经让老南希来帮助我们守卫烽火了。所以，你们放心吧，没有一个南瓜的同伙可以接触到烽火。无论谁找到黑叶子，记得点起最近的烽火，然后再回到老南希那儿，这样我们就可以第一时间得知好消息。"

最后，国王让那些愿意参加搜寻行动的志愿者走上前来，在大厅中央桌上的签名簿上签上他们的名字。

"几个小时前，南瓜已经造成了令人悲伤的事件，"国王难过地说，"让我们确保，这是南瓜最后一次在我们的国土上制造灾难和不幸事件。让我们在搜寻黑叶子的行动中做出最大的努力，把灰南瓜永远驱逐出去。"

国王在人们的欢呼声中重新坐下来，这欢呼声从聚集在大厅里的人们的心中喷薄而出。显然，这位国王很得民心。

人们急切地走上前去签下自己的名字。杰克、莫莉、格兰和珍妮特阿姨也抢在最前面一拨，签名表明了自己的意愿。两个孩子感到了席卷大厅的热烈情绪，觉得这里的国王和人民都是值得自己为之付出的。另一方面，他们也更加厌恶那个想要毁灭一切的南瓜了。

"我恐怕只能做在城内搜寻的志愿者了。"当两个孩子从桌边走开时，珍妮特阿姨说，"我走多了会累，至于跑，我跑不动，除非五十个南瓜在后面追着我。"

"您参加这个搜寻行动已经很危险了。"杰克说。

"亲爱的，我们都想做点儿自己力所能及的事情。"她微笑着说。

他们四个人继续向前走，加入到看地图的人群中，大厅四周的墙上挂着城市和周边村庄的地图。人们已经开始讨论这个国家的哪些区域是搜寻的最佳地点。让他们惊讶的是，竟然有人大声喊出了两个孩子的名字。他们迅速转过身去，看到国王拿着那本签名簿站在他们面前，他指着签名簿上的某个名字，正环视四周。国王身边的一个议员大声喊出了那名字，显然是国王让他喊的。没等两个孩子反应过来，国王说话了："我刚刚获知，有两位来自'不可能世界'的孩子好心地想帮助我们。我在此感谢他们。陌生人常常是幸运的。"

有人开始欢呼，很快整个大厅的人都欢呼起来。杰克和莫莉面对这突如其来的欢呼都脸红得不得了，他们被格兰和珍妮特阿姨推搡到高台下，国王在那里向他们致意，表示对他们的欢迎，并热情地和他们握手。国王与他们聊了一会儿，询问了他们很多关于"不可能世界"的问题。

国王说："哎，恐怕南瓜回来后，这里也会变成'不可能世界'了。"

"陛下，我们很快就能重新把它变成'可能世界'，"莫莉说，"只要我们力所能及。"

"我肯定大家都会尽力而为的。"国王说，"那么，你们打算搜寻这个国家的哪一部分呢?"

两个孩子说他们不介意搜寻哪一部分，然后问国王他是否认为黑叶子比较可能出现在城外而不是城内。

"没有人敢肯定黑叶子到底会出现在哪里，但我觉得黑叶子出现在城外的可能性比较大，"国王答道，"当然也有可能出现在城内! 我们对城内也要做彻底的搜寻: 每一个花园，每一条街道，每一个花盆，每一个窗台花箱，每一个可能和不可能的地方。"

当两个孩子听说黑叶子更有可能出现在城外，他们马上做出了决定。杰克和莫莉决定搜寻城外的区域。

他们选择了东城门外的一个小方块。那里对他们来说是完全陌生的乡野，莫莉喜欢那片乡野的名字。这片乡野下至三条绿色小径，越过妖精荒野，穿过橙色树林，沿着一条宽阔的河流到达荒凉湖，再到棕色山。虽然这些名字都写在一小块地图里，但其实路程有很多英里——特别是每一块地方都要仔细地检查和搜寻。

杰克和莫莉领到地图后，格兰走上前去挑选他的地图。他和国王握了手，聊了一小会儿，然后站到地图前，做出了决定。格兰用他那胖乎乎的食指在地图上画着路线，思考着如何选择。两个孩子站在他身边，看着来来往往的人挑选他们的地图，和国王握手，然后从大厅尽头的大门走出去。大多数人脸上都挂着友善的微笑，经过杰克和莫莉身边时，会对他们点点头。有几个人走过来和他们握手，感谢他们愿意帮助他们的国家驱逐南瓜。

最后，格兰终于选好了，他还帮珍妮特阿姨选了一块小小的地图。他激动地和每一个人握手。（还不小心和珍妮特阿姨也握了个手。）格兰、珍妮特阿姨、杰克和莫莉与国王道了别，走出王宫，向集市广场走去。格兰和珍妮特阿姨带着孩子们往东城门走，他们一路上都在热烈地交谈。两个孩子对即将到来的搜寻、"可能世界"的国王以及"可能世界"都充满了热情。

"在我那一小块地图上，我得搜寻一大片树林，"格兰说，"我喜欢树林，我会让父亲也来帮我，如果他感兴趣的话——在他不上法庭的日子里。我希望我能在东城门外弄一块地方来搜寻，这样跟你们都能近一点儿，但是我想要的地块都已经被别人选走了。幸运的是，我选了一块背靠你们搜寻范围的区域，虽然我是从西城门开始搜寻的。你们看，树林在这里拐弯。"他把他的那块地图跟杰克和莫莉的那块比较了一下，然后告诉他们，他们的搜寻区域在哪里交界。"看来我那块地离你们的也不是很远，"格兰笑着说道，"你们两个没法儿摆脱我了。"

"我们当然不想摆脱你。"莫莉说。

"我们一点儿都不想摆脱你。"杰克说。

"噢，格兰，你会小心的吧，你会吧？可千万别让南瓜抓住啊。"莫莉焦虑地说。

"当然啦，小女士，"格兰答道，"我想跑的时候就能跑，我不会被抓住的。"

他仍然在研究和比较地图。"啊，看这儿！"他喊了起来，"你们那块有橙色树林，我的没有！珍妮特阿姨，你听到了吗?

橙色树林……我们有个亲戚住在那里。我必须把他的名字告诉你们。"格兰在一张纸上潦草地写了点儿东西，然后递给两个孩子。

"附近村里的任何人都会带你去那座房子的，他们都认识他。他的名字叫帕平盖，你们看，我已经写在纸上了。他会很高兴见到你们的。告诉他，你们认识珍妮特阿姨、我父亲和我。不过别对他那些有趣的行事方式感到惊讶，他就是个古怪的老家伙，一个非常古怪的老家伙。"格兰回忆起关于帕平盖的种种趣事，微笑了起来。

珍妮特阿姨说："他是格兰的父亲的堂兄弟。"

无论如何，两个孩子听说在陌生的国家里有这么一个人可以信任，感到很高兴。

"别忘了跟他来点儿幽默，"格兰补充道，"他值得你们这么对他。别忘记了。"

他们走在通往东城门的路上，边走边聊，经过了很多奇特的街道。如果在平时，杰克和莫莉看到这种街道肯定会停下来，慢慢地探索，因为这些街道上有太多引人注目、让人好奇的东西。但是现在没有时间闲逛。这会儿有正经事要做。他们加快步子往前走去，一直走到东城门。

格兰拿出两个干净的盒子，里面装着三明治和蛋糕，一个给了杰克，一个给了莫莉。"这些点心给你们当午餐吃。"他说。

"你们一路往前走，肯定能结交很多朋友，"珍妮特阿姨说，"亲爱的，好好照顾自己，祝你们好运。"她摸出口袋里的手帕，迅速擦了擦眼睛，格兰轻轻拍了拍她的肩膀。

格兰快活地喊道："说不定我们很快又会见面呢。谁会第一个点起烽火？你还是我，小女士?"

"你们都不会是第一个，"杰克笑着说，"我才会是第一个点起烽火的人。"

"就应该这样！"格兰喊道，一边对杰克微笑，一边振奋地拍拍珍妮特阿姨的肩膀。

这时，他们看到东城门的守门人了，他正在谨慎地打开城门，看到路上没什么不安全的迹象，就把城门开得大大的。

"要嘲笑灾难，"当杰克和莫莉走上高路时，格兰欢乐地喊道，"保持你们的善心，记住，我们一定会赢的。祝你们好运！祝你们好运！"

他们回头看到格兰在风中挥舞着他的白帽子，还看见一只棕色的手在摆动，然后，大门就关上了。

10 在第三绿色小径上

杰克和莫莉按照地图上的标注，沿着通向三条绿色小径的宽阔白色大路走了没多远，就听到东城门又被打开了，然后"哐当"一声又关上了。杰克和莫莉转过头去，看见两个人已经从城门里走了出来，向与他们相反的方向走去。

"又来了两个搜寻者，"杰克说，"我记得那个穿绿色外套的小个子男人，你记得吗，莫莉？那会儿他也在宫殿里，很爱眨眼睛。"

"噢，是的，我见过他，"莫莉回答，"还有那个和他在一起的穿着奇怪的棕红色外套的男孩。我很想知道他们要去搜寻哪个地方，他们会不会是找到黑叶子的幸运者……如果我们知道就好了。"莫莉叹了口气，站在白色大路的中央，若有所思地凝视着远处那两个身影。

"我只知道，"杰克说，"如果我们这会儿不往前走的话，我们就不可能成为幸运者。走吧，莫莉。"

他们轻快地走了两分钟，就来到了第一绿色小径。他们从这里开始了搜寻。

这是一条弯弯曲曲的小径，小径的一边围着又高又厚的树篱，树篱看起来青翠欲滴，上面布满了星星点点的白色小花，闻起来有一股怡人的甜味。

"真奇怪，这里还不是秋天，我们家那边已经是秋天了。"杰克说，"这里更像是夏天，不是吗，莫莉？"

"这一点儿也不奇怪，"莫莉说，"这里的一切都和我们那儿不一样，不是吗？我不认为'可能世界'的季节应该和我们那边的一样，它并不需要比其他的事物更接近我们那边的事物。"

"是不需要。也许你是对的。"杰克表示同意。

他们小心地往前走去，边走边仔仔细细地搜寻，莫莉搜寻小径左边，杰克搜寻小径右边。大部分搜寻都还算轻松，第一绿色小径上并没有多少地方可供黑叶子隐秘地生长。但这里不时会出现一片非常浓密低矮的灌木丛，这时就需要停下来彻底地好好检查一番了。

"有件事我觉得挺奇怪的，"莫莉说，"这里寻常事物和有魔法的事物全都混在一块儿了，我肯定，等回到家里后我会糊涂的，我还会期待咒语和有魔法的事物出现。"

"我也会的。"杰克说。这时，莫莉笑了起来。"怎么了?"杰克问道。

"噢，杰克，"她笑着说，"如果菲比姨妈这会儿能看到我们，她会说什么呢?"

"哎哟，我真不知道这世界要变成什么样儿了。"杰克模仿菲比姨妈的口气说，莫莉笑了起来。

"最精彩的是，"杰克微笑着说，"这些事都是从她送你那个生日礼物开始的。她估计会疯掉的。"

"我觉得我们不该嘲笑菲比姨妈，"莫莉笑着说，"这样对她太不尊重了——但是，我也忍不住。"

他们继续搜寻，一边聊天一边笑。他们心情放松，浑身充满干劲儿，很快就把第一绿色小径最需要搜寻的部分找了个遍。快到小径尽头时，杰克那边的树篱上出现了一扇白色的门，透过门可以看到树篱后有一大片田野。

"喂，"杰克说，"我在想，我们是不是也要到这片田野里找找? 地图呢?"

莫莉把地图放在口袋里，于是立刻就拿了出来。两个孩子靠着那扇门仔细地研究起地图来。

"是的，你看。这儿，这儿标着呢。"莫莉说，"左手边的树篱——也就是我在搜寻的这边——是边界，但边界这边的田野属于我们要搜寻的地段。"

杰克建议道："我跟你说，我从田野这头开始搜寻，你把小径尽头的这些地方都找一找——也就多个几码路。然后你回来，从田野的另一头开始搜寻。"

莫莉同意了，于是他们分开了几分钟，各自继续搜寻。但无论是开阔的田野上还是第一绿色小径上，都没有黑叶子的踪迹。最后，他们开始搜寻第二绿色小径。

第二绿色小径两边的树篱要低矮一些，路边长着很多蕨类植物和野花。小径的一边有一条水沟，水流汩汩淌过，让搜寻变得稍微困难了一点儿。这里还有几扇门，连接着小径和田野，而门后的田野也需要搜寻。田野上有些地方草长得很高，需要花时间仔细找。不过两个孩子还是非常有毅力地坚持着，他们被这样的希望激励着：也许黑叶子就在拐角处，或者在下一棵树的后面，或者，就在他们前面几英尺[1]处的草丛里。但是到目前为止，他们还一无所获。

[1] 1 英尺等于 1/3 码，约 0.3 米。
——编者注

下午早些时候，他们发现自己来到了第三绿色小径。他们决定在这里停下来，休息一会儿，吃个午饭。当他们坐到路边的软草上，他们忽然发现自己已经非常累了。拿出格兰给他们准备的"午餐点心"，看到诱人的小三明治和蛋糕时，他们才意识到自己已经非常饿了。之前他们太忙太兴奋，竟然忘记了累和饿。吃完午饭，他们又拿出地图，研究了起来。

"这片乡野真是太可爱了，"杰克评论道，"你知道吗，我们从开始搜寻到现在，还没见着一个人呢。"

"连座房子都没有见着，"莫莉说道，"幸亏我们带着地图，真是派上大用场了。让我看看，杰克。这里有没有标注什么房子或者村子，如果可能的话，今天晚上我们得找个地方过夜。"

"这儿好像标注着什么村子，嗯……但不是很近，"杰克说，"它在妖精荒野的另一头……这里和那个村子之间好像没有什么房子，地图上有吗？我敢说，如果我们一点儿都不耽搁，天黑之前能到达那里。"

"但如果那个荒野太大的话……"

"如果那个荒野实在太大，走到荒野尽头之前我们一个小屋都找不到的话，我们可以爬上树，莫莉。爬树最好玩儿了。我们在树上会很安全地待到天亮。"

他们收拾好吃剩的午餐，因为格兰给他们准备的真是一顿非常慷慨的"点心"。休息了几分钟后，他们站起来，准备继续搜寻。

"啊呀，我口渴死了。"杰克说。他听了莫莉的建议，尝了点儿老南希给的甜甜的小糖块，虽然那东西确实让他精神焕发，但他还是想喝点儿水。"附近有没有河流，地图上有没有标？再把地图给我看看，莫莉。"杰克说。

他们手拿地图，站在第三绿色小径开始处，这时，远处传来了歌声。

杰克和莫莉看着对方。这是他们离开高路后第一次听到人的声音。也许这个人——不管是谁——会告诉他们哪里有水。显然，这位唱歌的人正越走越近，因为传来的歌声变得越来越清晰，歌声传来的方向正是他们即将要搜寻的方向。然而，就在他们期待那个唱歌的人在小径上拐弯的时候，歌声突然停止了，没有人出现。

杰克和莫莉等了一会儿，觉得那位唱歌的人可能停下来休息了，于是他们沿着小径，向歌声传来的方向走去。他们的猜测是对的。他们一拐弯就看见有人坐在小径旁边的树底下。那是一个年轻的女孩，比杰克和莫莉稍微大一点儿。她非常漂亮，有一双灰绿色的眼睛，鼻子白皙笔挺，深金色的头发打着卷儿披到肩膀上。她身上穿的柔软的绿色裙子和她眼睛的颜色很配。

一开始，她没有注意到杰克和莫莉，因为她的注意力都被她膝盖上藤条篮子里的东西给吸引了。她正焦虑地看着篮子里的东西，大声数着数。

"八、九、十，"他们听到她正在数着，"十一……噢，天啊，我丢了……哦，没有，在这儿呢……十二。噢，这下对了！"

她抬起头来，看到了两个孩子。她注视着他们，笑了。(莫莉想，那真是非常友善、甜美的笑容啊。)

"噢，我……我没有听到你们过来。"她说。

"我们听到你唱歌了。"莫莉说。

女孩脸红了。"我不知道附近有人，"她说，"我一个人的时候经常唱歌——因为太孤单了，我已经习惯了。"她把篮子盖好，放在地上。

"我们能听到你唱歌真是太好了，"杰克说，"你知道吗？我们离开东城门后就再也没见过一个人了。"

"那么说，你们是从城里来的喽？"女孩站了起来，很感兴趣地问，"你们没法儿想象住在这儿有多寂寞。城里有什么新闻吗？城里现在变成什么样儿了？噢，我真想不惜一切代价住到城里去，和拥挤的人群、璀璨的灯光还有琳琅满目的商店住在一起，那里还有真正的人行道。"

"你住的村子里没有人行道吗？"杰克问道。

"我不住在村子里，"女孩答道，"我和我妈妈就住在这个孤单冷清的地方。"

"就在这附近?"莫莉问。

"是的，就在第三绿色小径的尽头。"女孩说。

"住在房子里?"杰克问道。

"是的。为什么不是住房子里呢?"女孩笑了，"你觉得我们住在什么地方?"

"我的意思是，"杰克说，"我们的地图上没有标注你的房子，一直到妖精荒野的另一边才有房子，所以我以为离这里这么近的地方不会有房子。"

女孩笑了起来："这里确实有房子，即使你的地图里没有标注。他们不是把所有房子都标注到地图上的。如果你们沿着这条小径走下去，就会路过我家的房子。你们要是能待上一会儿，我妈妈会非常高兴的。她很少听到城里的新闻，也很少见到从城里来的人。"

"我们就是在沿着小径走。"杰克说，"我们正在想，附近有没有人可以给我们口水喝喝，我们都要渴死了……"

"口渴了? 我这儿有好东西!"女孩说着打开篮子，从里面拿出一串非常漂亮的葡萄，"我妈妈叫我去我们的葡萄藤那儿摘葡萄——我摘了十二串。这串给你们。"她把一串看起来

很诱人的葡萄放在
杰克手里。

"噢，不。我是
说，如果你就这样
把葡萄送掉，你妈妈不会
介意吗?"杰克说。

"你们这么渴，我不给你们葡萄，我妈妈才会介意呢。"
女孩说，她坚持让莫莉也吃一串。

"噢，你真是太好了。"杰克说，莫莉也表达了自己的谢意。

莫莉吃葡萄前犹豫了一下，心里想着从一个连名字都不
知道的女孩那里接受一串葡萄是否妥当。但看到女孩那甜美、
坦诚的脸，莫莉心中所有的疑虑都消散了。杰克已经开始吃
他那串葡萄了，莫莉也吃了起来。

杰克说:"哇，我从来没有吃过这么好吃的葡萄。搜寻了
整整一个上午，我真是快渴死了。"

"搜寻?"女孩困惑地问，"你刚才是不是说'搜寻'? 你
们丢了什么东西吗?"

"我们搜寻的不是我们丢了的东西——是一个我们找不到
的东西。"杰克说，"大家都在找这个东西。"

女孩摇摇头说:"我不明白你的意思。"

"你不知道搜寻黑叶子的事情吗？"杰克惊讶地问，"噢，就是南瓜又回来了的事，你应该知道吧？"

"什么？！"女孩尖叫起来，"南瓜回来了？不！不！我都不知道这回事。我们什么都没有听说——孤孤单单地住在这里……但是，噢，天啊，噢，天啊！我们到底应该怎么做啊？"她颤抖着，看起来非常难过。

"我必须立刻回家，把这件事告诉妈妈。可怜的妈妈……"她补充道，颤抖着盖好篮子，"你们现在要沿着这条路走吗？"

两个孩子向她解释，虽然他们是沿着这条路走，但他们一路上要边走边搜寻。他们建议女孩如果急着回家告诉妈妈的话，就先走一步。但是她看起来很怕离开他们。

"我还是想和你们待在一起，如果你们不介意的话。"她说道，"你们也许会觉得我是个彻头彻尾的胆小鬼……我只是不敢一个人走。我们一起走的话，我会帮你们搜寻的。告诉我这一切是怎么发生的——南瓜是怎么回来的。"

于是，当他们再次出发，沿着小径走时，杰克和莫莉一五一十地向女孩讲述了发生的事情。关于自己，他们谈论的不多，但是讲到了与南瓜回来有关的部分。女孩热切地听着，不时着急地问一个问题。等他们讲完后，女孩说："哇，我觉得你们真的很勇敢。在这样一片陌生的土地上搜寻黑叶子。我……我刚才那么害怕，真为自己感到羞愧。我们都应该努力去找，让我帮你们搜寻这一段小径吧。然后，我会去城里，也请他们分配给我一片土地搜寻。你们今天打算搜寻到多远的地方？"

"我们本来想一直搜寻到妖精荒野的另一边。"杰克说道。

"噢，天黑之前你们根本搜寻不到那里！"女孩喊了起来，"那是一片很大的荒野。我在想，你们今晚愿意住我家吗？妈妈和我会感到很荣幸，如果你们愿意……"

"你真好，"莫莉说，"可能……"

"你们可以等见过我妈妈后再做决定，如果你们愿意的话。"女孩说，"等你们见过我们的房子再说。在一个陌生的国家，在看到房子前，我也不会承诺和什么人住在一起的。"看到杰克和莫莉有点儿犹豫，她加上了这句话。他们几乎已经被说服了，因为女孩说得合情合理，而且非常坦诚。

他们继续彻底地搜寻第三绿色小径。下午一点点过去，日落时分的暗影开始降临。

这时女孩说："我们已经离小径尽头非常近了。下个拐弯处你们就能看见我家的房子了。"

直到这时，搜寻还是一无所获。这条小径又长又难搜寻，杰克和莫莉开始感到非常劳累。

"这条小径我们已经搜寻了差不多两个小时了，"莫莉说，"你妈妈会担心你吗？"

女孩摇摇头。"即使我带客人回家妈妈也不会生气。你们会来的，是吧？"她问道，"我们可以一起喝茶。"

女孩的提议听起来很是诱人，两个孩子欣然接受，而且这时房子已经进入了他们的视线——转弯之后，房子忽然出现在他们面前。那是一幢古色古香、相当温馨的小房子，紧挨着一丛茂密的灌木丛和几棵树。小径从房子前穿过，又向前延伸了一小段距离后，就铺展开来，成为一片开阔的荒野——妖精荒野。两个孩子没有时间驻足欣赏风景，因为他们的这位同伴很快把他们领进了她家的花园。花园中树木遮挡，比路上暗一些，房子的一扇窗户里透出微光，看起来温馨舒适，满是家的味道。杰克和莫莉跟着女孩往房子前门走去。

女孩轻轻敲了两下门，然后一边把门把手摇得嘎吱嘎吱响，一边喊："我们回来了，妈妈！"她猛地把门打开，三个人走了进去。

他们走进了一条幽暗狭窄的走廊，走廊尽头闪烁着炉火发出的光亮。女孩关上前门，带着杰克和莫莉沿走廊往前走去。

"我们来了，妈妈！"她又喊了起来。一个身影出现在走廊尽头被火光映照的空地上，那人站在那里，悄无声息地微笑着。

突然，杰克和莫莉害怕起来。

"杰克，我要回去！"莫莉喘着气说。他们两个人转过身，朝门走去。但是门很快关上了，而且门上没有把手也没有门闩。

女孩和火光中的那个身影放声大笑起来。

"你们两个小傻瓜！"其中一个人高喊，另一个大笑着。

杰克和莫莉这会儿能够很清楚地看到那个绿衣女孩了。她走到了走廊尽头，正站在那里和另一个人窃窃私语。火光照在她们身上，绿衣女孩的面容很奇怪地变成了另一种样子——不再年轻、清新、漂亮，她的脸看上去变老了，带着冷酷和轻蔑的表情。杰克和莫莉听到了几句她们的低语。

"噢，杰克，"莫莉抽泣着说，"他们是南瓜的同伙。我们被困住了。"

 被困

　　杰克和莫莉紧紧抓住对方的手，绝望像汹涌的浪潮一般吞没了他们。他们想，自己简直太愚蠢了，竟然会相信那个女孩！现在会发生什么可怕的事情呢？

　　绿衣女孩和另一个人爆发出一阵大笑声。她们不再窃窃私语了，绿衣女孩转向走廊另一头的杰克和莫莉，并向他们招招手，示意他们过来。

　　"过来，"她说道，"你们最好给我麻利点儿，别想反抗。"

　　但是，两个孩子并没有动。

　　"你敢！"杰克说，"快把门打开，立刻让我们出去！你——你这个恶毒的、鬼鬼祟祟的家伙！"他的声音有些发抖，但语气却坚定得不容置疑。

　　"噢，别犯傻了，"那女孩说，"现在你们只能乖乖听我们话了。乖乖地自己过来，除非——你想让我来抓你们俩？"

104

"嘿！嘿！"她身后的那个身影笑着说道，"我想看你去抓他们。我真想看啊。"

那诡异的笑声和话语中潜藏的威胁让两个孩子顿觉毛骨悚然。

"哎，别等她抓我们，我们还是自己过去吧。"莫莉喊道，拉着杰克向前走去。

"这还差不多。"那女孩说着往旁边挪了挪，让他们通过走廊走到有火光的地方来。

他们发现自己站在一个类似洞穴的圆形房间里，炉火舞动着，照亮了幽暗的房间。后来，杰克和莫莉回忆时，除了火焰和拱形的石壁炉，他们几乎记不起房间里还有什么家具。他们想不起来房间里有没有窗户，只记得地面是鹅卵石的，因为地面不太好走。房间里似乎没有天花板，或者天花板非常高——反正他们没有看到。他们头顶上方是飘动的烟雾和完全的黑暗。整个空间就像是铁路隧道的入口。

"让我瞧瞧这两个漂亮的小东西。"女孩身边的那个人说。她向前走来，站到杰克和莫莉的面前——这个和他们面对面站着的人几乎是他们见过的最丑陋的老妇人。事实上，他们从未想过世界上还有这么丑陋的人。她土黄色的脸上布满了深深的皱纹，凹陷的小眼睛看起来就像两颗黑色的珠子，不停地从一边转到另一边，似乎要从囚禁它们的两片眼睑里逃出来。她弯弯的鼻子刚好对着弯弯的下巴，好像是在模仿胡桃钳子的样子。她几乎没牙的嘴里有一颗又黄又长的尖牙露在外面。深红色的围巾像头巾一样缠在她头上，一小束乌黑发亮的头发从头巾里掉出来，在脸上晃来晃去。

当两个孩子看着她的时候，她做了一件吓人的事。（他们很快发现这是她的习惯。）老妇人原本一刻不停地转着的眼珠子忽然停住了，尖锐的目光锥在两个孩子身上，看看这个又看看那个。她的两只眼睛越睁越大，越睁越大，直到变成两个像被白色茶碟包围的圆圆的黑球——大得吓人的、直勾勾地盯着人看的、一动不动的眼睛……然后，两片眼睑突然盖住了它们，它们再次变成了转个不停的小小的黑色珠子。

"呵！呵！呵！"老妇人笑了起来，"很惊讶吧，宝贝儿，是吗？"然后她把脸凑到两个孩子跟前，用让人难受的目光看着他们。"愚蠢的小东西！"她又加了一句，"你们老老实实待在家里不好吗？多管闲事，掺和与你们无关的事情。我们很快会给你们点儿颜色瞧瞧，让你们知道多管闲事会是什么下场。"

她转过身去低声对身后的女孩说："好了，我会再了解了解他们的。我得好好看看。他什么时候来？"

"我想一个小时之内应该会到。"女孩回答。然后她又压低声音悄悄说着什么。

两个孩子互相盯着对方被吓得煞白的脸，莫莉忍不住抽泣起来。

"呃?"老妇人说，"你说什么，宝贝儿?……什么都没有?好吧。来吧，小甜心，到这儿来，到我们宽敞的客厅来等着。伟大的灰南瓜阁下现在不在家，但是他快到了。噢，我的天，

他快到了！从这边进来。他会很高兴见到你们的。哈哈！"

莫莉绝望地看了一眼绿衣女孩，他们不久前在小径上时，女孩还那么友善。莫莉恳求地抓住女孩的手——但女孩只是自顾自地笑。

"难道你就没有同情心吗？"莫莉喊道，"让我们走吧。他永远不会知道的——南瓜不需要知道。如果有什么我们可以为你做的，我和我的弟弟肯定全力以赴……"

"你们能放弃搜寻，直接回家吗？"绿衣女孩直截了当地问。

这是他们逃跑的机会，如果他们承诺放弃。莫莉看着杰克，南瓜来了以后，会对杰克做什么？会对她做什么？想到这里，莫莉不寒而栗。然后，她想到了老南希、国王还有格兰，她知道女孩要求她放弃是绝不可能的。她和杰克交换了一下眼神。他们已经决定了。他们决定碰碰运气。

"你们会做出承诺吗？"女孩问道。

"不。"杰克和莫莉同时回答。

"快点儿，把他们推进去，妈妈。"女孩转过身去，马上不再谈论这个话题。

那个老妇人，一边兀自笑着，一边打开墙上的一扇门（两个孩子之前没有注意到这扇门），让他们自觉跟着她去"宽敞的客厅"，除非他们想被抓进去。于是，两个孩子跟着老妇人走了进去。

门里一片漆黑，老妇人让绿衣女孩为他们举一盏灯。女孩站在门口，把一支闪烁的小蜡烛举过自己的头顶。杰克和莫莉跟着老妇人沿着一条短短的走廊向前走去，然后走下一段石头阶梯，来到阶梯底下的一扇门前。老妇人从口袋里拿出一把钥匙，然后又喊绿衣女孩，让她站到阶梯上举蜡烛。老妇人摸索着锁孔，打开了门，立刻把杰克和莫莉推了进去，"砰"地关上门，然后拖着步子走上台阶，一边走还一边自言自语，嘀嘀咕咕说个不停。接着，另一扇门重重地关上了，一切都安静下来。

杰克和莫莉这时待在完全的黑暗中，连眼前一寸远的地方都看不到。他们不敢动弹，紧紧地握着对方的手。

"噢，杰克，我们为什么会信任她？"莫莉抽泣着说。

"我们怎么会知道……她看起来挺好的……这个卑鄙的人！"杰克说道，"噢，莫莉，我们就什么都做不了了吗？"

站在黑暗中干等，是一件可怕的事。他们小声聊了一会儿，想知道南瓜什么时候来。他们俩都不敢说南瓜来了之后会对他们做什么。如果他们出了什么事，会有人想念他们、来找他们吗？这时，莫莉心头一动。

"杰克！"她喊了起来，"那些火柴！老南希的火柴！"

"我们为什么没早点儿想起来呢?"杰克喊了起来。

毫无疑问,现在正是使用这些火柴的时候——这里确实很黑,需要一些光亮。于是杰克和莫莉激动地在自己包里摸索着火柴。

"小心点儿,杰克,"莫莉说,"一根都别弄丢了。你找到你的火柴了吗?我已经找到了。我会划亮一根,看看会发生什么。"

杰克还在他的包里找那盒火柴,而莫莉已经从她的火柴盒里拿出一根火柴,把它划亮了。

两个孩子也不知道该期待些什么,但当他们看到黑暗中只出现了一团微弱的火光,他们还是多少有些失望。那仅仅是一根小小的火光闪烁的火柴。无论如何,现在他们能看清楚自己被关在一个什么样儿的房间里了。这里看起来有点儿像地下室,空间很小,四四方方,有高高的屋顶,除了角落里有几个旧箱子外,几乎空空荡荡。墙壁潮湿发霉,地面又破又糙,到处都是蜘蛛网。

然后,他们才意识到,这不是普通的火柴。它能燃烧更长的时间,而且,奇怪的是,火柴的光只往一个方向聚集——火光长长细细的,直指一个方向。杰克和莫莉很快就发现了这一点。但是这光线指向什么呢?

是角落里的箱子。

两个孩子向那里走去，检查了角落里的箱子。他们看起来是木制的糖箱，一共有三个，都是空的。杰克把箱子从墙边拉开，但箱子后面什么都没有。

这时，莫莉的火柴闪烁了一下，熄灭了。

"这儿，我点亮一根火柴，"杰克说，"我也找到我的火柴了。"

于是杰克也点亮了一根火柴。一开始出现的只是普通的火焰，火柴烧旺时，光便聚集到火柴的一边，形成一条线，直指与箱子所在位置相反的方向。有那么一会儿，杰克怀疑这火柴是不是个恶作剧。但他和莫莉还是马上沿着光线走过去，发现光聚集在墙上靠近屋顶的一个斑点上。

"看！快看！"莫莉说，"那里有个铁环或者把手之类的东西。"

"可我们怎样才能够得着它?"杰克说。

这时候，他们想起第一根火柴的光指示的东西，连忙把箱子拖过来，一个个叠在墙上的圆环下方。这时，杰克的火柴灭了。

两个孩子都非常兴奋，他们只担心南瓜在自己逃出去之前到来，于是迅速行动起来。莫莉又点燃了一根火柴，同时杰克爬到了箱子上，莫莉手中的光直指铁环。

"这确实是个铁环！"杰克喊了起来，"但是，噢，莫莉，我够不着！我们该怎么做？"

火柴的光稳稳地指向那个铁环，不再显示别的指示。莫莉也爬到了箱子上面。杰克说的一点儿都没错，虽然他们使劲儿想够着那个铁环，但他们还是够不到。

"如果你把我举起来，我相信我能够到，杰克。"莫莉说。

"对啊！"杰克说。这时，莫莉的火柴熄灭了。

一边够那个铁环一边点亮火柴太难了。莫莉说她记得墙上的铁环在哪里，于是他们决定先拉住铁环，然后再点亮火柴，看看会发生什么。

于是，杰克把莫莉举起来，莫莉在墙上摸索了几秒钟后抓住了铁环。

"我抓住铁环了！稳住，杰克！"她开心地喊道，并用力拉了一下铁环，"有东西往后退了——我感觉好像是类似门的东西打开了。好了，现在把我放下来，杰克，再点亮一根火柴。"

杰克按照莫莉的指示划亮火柴。在火柴的光线下，他们看到在比他们高的地方，墙上有一个小小的方形的门。火柴的光穿过了门后的通道——看起来门后面有一条狭窄黑暗的通道。杰克想看下如果把火柴放在箱子上，火柴的光能否照亮通道，但火柴一离手就熄灭了。于是他们决定，进入通道后再点一根火柴。因为一边举着火柴一边翻进黑漆漆的小门非常困难。杰克先把莫莉举起来，莫莉努力爬过那扇门，然后转过身，伸下手来把杰克拉上去。在黑暗中这样做简直是一个严峻的考验。最后他们总算安全地爬了上去，进入了通道。虽然通道很狭小，但只要过了那扇门，他们低一下头就能有足够的空间站起来。

他们没有停下来去关身后的门，而是点亮另一根火柴，沿着通道疾走起来，这是他们最快的速度了。通道拐了很多弯，然后出现了一个向上的坡，地道分岔，变成两条。他们站在分岔处，又点亮两根火柴，火光稳稳地指向左边，于是他们跟随这个指示出发了。疾行几分钟后，他们感到冷风扑面而来，火柴闪烁几下后熄灭了。他们看到不远处漆黑的夜色已经由浓转淡，就没有再点火柴，只迅速地走向透进一丝微光的地方。他们走近后发现，这已经是通道的尽头，外面就是开阔的空间。

走到通道尽头的时候，杰克和莫莉走得非常小心。他们轻手轻脚地从通道里走出来，发现自己正站在一条隐藏在乱糟糟的灌木和树丛下的小路上。他们一踩到地面就跑了起来，虽然他们不知道自己在哪里，也不知道小路通向何方。他们一直跑，一直跑，直到跑到一片荒野上才停下来。他们调整着呼吸，试着判断方向。

这会儿是深夜，但月亮在清朗的天空中游弋，把天地间的一切照耀得亮如白昼。这里真的是一片荒野。

"哇，"杰克气喘吁吁、上气不接下气地说，"这里肯定是妖精荒野！"

12 妖精荒野

　　妖精荒野上到处都是低矮的灌木丛和长满石楠花的小丘，在月光下美丽极了。时不时会有一棵高树，鹤立鸡群般呼应着高远的夜空，格外显眼。杰克和莫莉向最近的一棵大树走去。那是一棵巨树，树干上长满了瘤结，稍低的树枝上有足够的空间供杰克和莫莉蜷着身体舒服、安全地休息，层层叠叠的树叶还能遮挡住他们。

　　他们安全地藏身在树上，开始商量接下来的计划。他们决定天亮之前一直待在树上，等天亮后再继续搜寻。他们边聊边计划着，兴奋劲儿过去后，就昏昏欲睡了。这时万籁俱寂，但这个夜晚他们不想再冒险，他们决定轮流睡觉——一个望风，隔一段时间或有什么事发生时叫醒另一个人。他们不知道这会儿是几点，于是决定根据月亮的移动来安排睡觉的时间。当月亮到达某一个地方时，第一个望风的要把另一个人叫醒。于是莫莉先睡，杰克望风，如果莫莉快从树上掉下去了就赶紧把她叫醒。一开始，杰克挣扎着让自己保持清醒，不让自己睡着，后来莫莉醒了，接着望风，杰克美美地睡了一觉。虽然这一觉很短，但睡醒后他马上恢复了精神。

时间慢慢过去，杰克又接莫莉的班开始第二次望风，莫莉再次入睡了。这时，杰克听到树下有"沙沙"声，他向前靠了靠，透过树枝向下看，灌木丛中有东西在拨动灌木。叶子晃动着，发出"沙沙沙"的声音，然后，树叶被推开了，一个小小的奇怪的身影站了出来，站在月光下宽阔的道路上。那是一个个子非常小的古怪男人，穿着棕色衣服，戴着尖顶帽子。他盯着路面看了一会儿，然后转过身去，扫视着身后的荒野。

杰克忽然感到树上有什么东西在他身边动，吓了一跳。不过那只是莫莉，她已经醒了，眼睛睁得大大的，全神贯注地盯着树下那个穿棕色衣服的男人。

不远处的灌木丛中传来了一阵笑声，转眼，另一个小个子男人穿过草地跑到了正在等待的那个人前面。两个人聊了起来，语速很快。他们聊得很小声，不过声音还是清晰地飘到树上两个偷听者的耳朵里，但小个子男人说的话很难懂。这时，第三个小个子男人出现了，他身边还有两个奇怪的小个子女人，身穿棕色裙子，披着棕色披肩，头戴无檐软帽。

突然，杰克和莫莉几乎同时明白过来，这些双腿细小、不断舞动，面容如同精灵的小人儿就是小妖精。当然了，这片荒野就是以他们的身份命名的。两个孩子之前没有想过会在这片荒野上看到小妖精。他们一开始只是很自然地觉得这片乡野的名字听起来很生动，但没有想到过取这个名字的原因。看啊！他们眼前是真正的小妖精，这是他们第一次亲眼看到小妖精。两个孩子看着这些小妖精，满心惊奇。

越来越多的小妖精出现了，他们一个接一个地从灌木丛后面蹿出来，从树干上滑下来，或者从树枝上跳下来。他们沿着路跑来，从草丛上跳过来，没多久，到处都是穿着棕色衣服的小人儿在来来回回地走路，一会儿出现，一会儿消失——在这里，在那里，钻进去，钻出来，整个荒野看起来被小妖精们给挤满了。他们的声音是那么尖细，他们的脚步是那么细碎，他们的笑声清脆得好像银铃。小妖精们并没有在做什么，可看起来像是在忙着做什么重要的事情，他们看起来那么活跃，那么匆忙。

这会儿，两个孩子注意到一个小妖精走到了他们待的这棵树下面，正面向一块大石头又推又拖。他最终把大石头给移开了。树干上离地面很近的地方露出一个小小的洞。他弯

下腰，爬进洞去。树里传来抓挠和攀爬的声音，而且越来越响、越来越近，似乎那个小妖精正在往树干顶端爬去。

"噢，杰克，我觉得他肯定住在这棵树里，"莫莉悄声说，"如果他发现我们在这儿，我们应该怎么做呢？"（你应该看出来了，他们不确定小妖精们到底是敌是友，也不知道如果和他们打招呼，他们会有什么反应。）

然而，他们很快就发现，攀爬声和抓挠声持续了几秒钟，听起来已经接近他们蹲着的地方。小妖精的头从一个洞里伸了出来，刚好在杰克的右脚边。他专注地研究了一会儿杰克的鞋底，然后把视线转移到杰克身上，目光里带着轻微的惊讶。然后他又看到了莫莉，把视线转移到了莫莉身上。两个孩子一言不发，不知道该说些什么。他们从小妖精惊讶的表情中看不出他的态度。这时，小妖精说话了，他的声音听起来很轻，就像是从遥远的地方传来的。两个孩子高兴地发现他们能听懂小妖精的话。

"你们是真的吗？"小妖精问道。

"我们当然是真的啦。"杰克说。

"你们是谁？"小妖精紧接着问。

莫莉解释起来，讲了一会儿，发现小妖精在摇头，于是停了下来。

"不，根本没有一个叫'不可能世界'的地方，你们不可能通过一棵树穿越过来。"他说道，好像是在向他们吐露一个忧伤的事实，"那只不过是故事中的地方——一个虚假的地方——就像是梦乡。"

莫莉非常吃惊。"噢，可是真的有这样一个地方，"她肯定地说，"我们知道有这么一个地方——我们就是从那里来的。"

"我喜欢听你们讲这些——但我不相信你们，"小妖精直率地说，"我希望我能相信，也希望你们是真的，当然你们确实是真的。"

"我们是真的，"杰克温和地说，"我们和任何东西一样真实。其实你才是唯———人们认为不——我的意思是——"

"如果你觉得我们不是真的人，那么你觉得我们是什么呢?"莫莉问道，并快速给了杰克温暖的一瞥。

"你们也许只是眼睛看到的幻象——我可能认为我看到了你们，但事实上你们并不在这儿。"小妖精温和地说，一边摇着他那古怪的小脑袋。他全身仍然只露出了头和紧抓树洞边缘的小手。

两个孩子注视着他。眼睛看到的幻象！这真是一个可怕的想法，莫莉使劲儿掐了一下自己以确定自己确实在这里。

然后她笑了。

"我们跟你一样真实,"她说道,然后她的脑袋里灵光一闪,"就跟老南希一样真实。"她补充道,一边紧紧地盯着小妖精。

这时,小妖精的脸上浮起一种带着喜悦的惊讶,语气立刻不同了,他快速地说:"哦,这么说你们认识老南希?"

"那当然了,"杰克说,"她是我们的一个朋友。"

"那么我也是你们的一个朋友。"小妖精说,他从洞里爬出来,站在两个孩子身边,"无论你们是否是真的。不管你们是什么。"

两个孩子最近在信任别人方面得到的教训使他们变得更加小心,虽然他们知道面对小妖精没有什么别的选择,因为他们没法儿从到处都是小妖精的荒野上逃出去。不过眼前的这个小妖精显得很友善。说到老南希的时候,小妖精显得非常真诚。很快,他就坐了下来,坐在两个孩子身边,和他们聊天,问了很多关于他们的问题,也回答了很多问题。

两个孩子发现小妖精知道南瓜回来的事,他的一个小妖精兄弟已经把这个消息带回来了。他们也发现小妖精是南瓜的死敌。他们把搜寻黑叶子的事情告诉了小妖精,还告诉小妖精等天亮后,他们会怎样搜寻这片荒野。

"等天亮了，你们就看不到我们了，"小妖精说，"我们都会到小地洞里去睡觉……不过我不认为黑叶子会在这片荒野上，如果在的话，我们中间总会有人看到的，只要我们中的任何一个人看到了，这个消息就会传开。"

"但我仍然觉得我们应该搜寻这片荒野……就像我们当初承诺的那样。"莫莉说。

"是的，你们说的一点儿也没错。"小妖精表示赞同，"另外，我们可能还没有见着黑叶子。恐怕你们到时候会发现这片荒野非常大——不过我敢说，如果你们天一亮就开始搜寻，一天就能搜遍整片荒野。我希望我能够帮助你们，但是——噢！我只能做一件事情，当你们搜寻整片荒野的时候，如果南瓜在这附近出现，我会给你们送个信儿。"

"你真是太好了，"莫莉说，"帮了我们大忙。"

"要是你们到了那边的村子里，如果想认识能够信任的人，就去玛丽戈尔德小姐那儿。记住这个名字。"小妖精说。

"玛丽戈尔德小姐，"杰克重复了一遍，"我记住了。谢谢，真的是太感谢了。"

"你知道吗？"小妖精微笑着说，"当我听说老南希把南瓜送到了'不可能世界'的时候，我以为那是一个像梦乡一样的地方，或者一个根本不存在的地方。但是现在，如果你们说你们是从那里来的——我猜你们不会想从树上下来，让其他小妖精看见吧?"

两个孩子刚要回答，一个小妖精冲到人群中，他带来了令人激动的消息，引起一片喧哗。

"在这里等着，"小妖精说，"我去看看发生什么事了。"

他很快爬了下去，出现在热切交谈的小妖精们中间。然后他又很快溜走，爬上树，来到两个孩子身边。

"我很高兴你们刚才没有下来，"他说，"南瓜的密探在找你们，是一个老妇人和一个女孩。大概半小时前，在荒野那边的大路上，有些妖精看到了她们。"

杰克和莫莉开始发抖了。

"没事的，"小妖精说，"我还没有告诉那些小妖精你们在哪里。我想他们肯定想见到你们。但这会引起注意。我已经告诉他们离开这里，去搞点儿鬼，让那个老妖婆和女孩跳点儿'真正的舞蹈'。我告诉那些小妖精，她们是南瓜的密探，小妖精们会好好捉弄她们，把灌木丛弄得'沙沙'响，然后把她们连跑带叫地赶出这条路。我们会带他们跳小妖精通常跳的那种'舞蹈'。我也会去，然后回来告诉你们发生了什么。天亮之前我会回来，这里是我的家——你们也看到了，这棵树。那么，再见吧。"说完，他匆忙地跑开了。

两个孩子看到他猛冲进一帮兴奋的小妖精中间，让他们跟着他——那些小妖精也确实这么做了。然后忽然间，一个小妖精也看不到了，他们已经成群结队地离开这里，去老妇人和女孩正在搜寻杰克和莫莉的地方了。

两个孩子似乎在树上等了好几个小时，等待着，倾听着。偶尔会有声音从遥远的地方传到他们耳朵里。他们能听到吱吱声、沙沙作响声，还听到了一声尖叫。但他们什么都没有看到，直到黎明到来。

这时，小妖精回来了，他从对面的灌木丛里蹿出来，急匆匆地钻进树干上的洞，爬到两个孩子身边。在黎明的微光中，他告诉了他们发生的事情，小妖精们两次阻止了老妇人走向通往孩子藏身之处的路。

"他们现在已经从荒野上走掉了，"他说道，"我们把她们赶回家去了。当时我们突然蹿出来，对着她们的腿又捏又掐，还向她们扔带刺的叶子。这儿有上千个小妖精呢……我真希望你们当时在场。当她们发现我们不是在搞恶作剧，而是气势汹汹真的想赶走她们时，她们马上走了。那个老妖婆还想踩我们中的一些人——她气坏了，但我们把她的鞋子抢走，扔到了水池里。"

"你们这么帮我们，真是太感谢了。"莫莉说。

"我们喜欢这么干，"小妖精说，"简直有趣极了。而且就该好好修理她们一下。"

天已拂晓，小妖精跟两个孩子道了别。"记住，"他说，"白天如果南瓜到附近了，我会想办法通知你们。"他钻回树洞，两个孩子听到他在树里爬了一会儿，然后就没有声音了。

杰克和莫莉在树上四处张望，发现所有小妖精都消失了。他们等了一会儿，直到天完全亮了，才从藏身的地方爬下来，舒展了一下身体，然后马上开始搜寻。

这是一项艰难的任务，需要花费很多时间。这片荒野上有无数密密麻麻的灌木丛、树木、小丘和蜿蜒曲折的小径。但他们埋头搜寻，热切而小心。他们搜寻了几个小时，直到早晨慢慢过去，他们才想起自己从昨天开始什么东西还都没有吃。为了不被抓到，他们爬到另一棵树上，吃完了格兰给他们带的剩下的点心，一边吃一边讨论今天的计划。他们仔细地研究地图，以防漏掉荒野上任何一个地方。

"这儿有一小块地方，恐怕我们得回去重新搜寻。"莫莉说，"虽然我不喜欢再跑到那边去。你记得的，杰克，我们没有搜寻那块地方——昨天的那座房子，那块地方还有荒野刚开始的地方我们都没有搜寻。"

他们并不想回到第三绿色小径，但他们还是去了。到了那条小径后，他们惊讶地发现，那座房子竟然不见了，完完全全地消失了。杰克和莫莉一开始压根儿不相信自己的眼睛，确认房子不在那里后，他们长舒一口气。两个孩子警惕地快速搜寻了小径的尽头和荒野的边缘。这儿没有黑叶子的踪影，于是他们来到之前搜寻的地方，透过妖精荒野的灌木丛、树丛和石楠丛，继续寻找。

时间过得很快，白天已经渐渐过去。他们仍然在继续完成任务，尽量待在一起，倾听周围的动静，以免忽略了来送消息的小妖精。他们饿了就吃一点儿老南希送的棕色小方糖，吃完马上精神焕发。

白天的荒野与月光下的荒野十分不同，让他们很难想象两者是同一片荒野。这里没有一丝小妖精的踪迹，也没有南瓜密探的踪迹。直到他们来到一个池塘前，看到一只被水漫过大半的鞋子插在烂泥里——那是一只造型奇特的鞋子——他们才模模糊糊地想起来，之前那个眼睛吓人的老妇人就穿着这样的鞋子。显然，这就是被小妖精们扔进池塘的那只鞋子。看到鞋子，他们刚刚经历的冒险马上浮现在脑海中，他们可不想再在妖精荒野过夜了。于是，他们赶紧加快了脚步。

一天的搜寻快结束时，夜色渐浓，他们还没有找到任何黑叶子的踪迹，也没有见到任何陌生人，小妖精也没有出现。

他们当然希望能在微风轻拂、阳光灿烂的地方待着。但他们现在非常疲惫，也顾不上太多了，转身走向荒野边缘看起来近在咫尺的村庄。

13 提摩太提供了线索

杰克和莫莉路过玛丽戈尔德小姐的小屋时，她正在绑太阳花。她的房子是这个村庄街道上的第四座房子。这是小村庄里一条古色古香的街道，路面铺着鹅卵石，上面长满了青草。街边立着一排排的白房子，屋顶是用茅草盖的。两个孩子不知道眼前这位正待在花园里的女士的名字，他们正在想玛丽戈尔德小姐住在哪里的时候，看到窗户上挂着一张卡片，上面印着几个字：

> 玛丽戈尔德小姐
>
> 提供茶水　住宿

他们停了下来。玛丽戈尔德小姐从花丛中抬起头来，看到两张疲惫的小脸正透过大门看着她。她瘦瘦高高的，不老，也不年轻。她淡黄色的浓密头发被整整齐齐地编成辫子盘在头顶。她穿着有雪白领子和袖口的深绿色连衣裙，微笑的时候看起来很和善，让两个孩子不禁在心里打定主意要住下来。于是他们推开门，走进了她的花园。

当他们告诉她，他们是谁，需要什么的时候，玛丽戈尔德小姐认真地听着。

"我很高兴能为你们提供住宿，"她温和而拘谨地说，"我肯定你们这会儿想来点儿热茶和烤松饼。"

杰克和莫莉这会儿太想来点儿热茶和烤松饼了，但是他们告诉玛丽戈尔德小姐他们没有带钱，并问她，他们需要做些什么来赚取他们的茶、床铺和早餐。

"什么都不需要。你们在搜寻黑叶子——这就够了。如果你们找到了黑叶子，你们为我，为整个国家所做的远远超过食物和住宿的价值，而且是无法回报的。"说着，玛丽戈尔德小姐把他们领进了房子。这幢房子看起来很旧，古色古香的，低矮的天花板以橡木做横梁，地板有些倾斜。

两个孩子洗了澡，马上恢复了精神，然后坐到了一张铺得很好的桌子前面，桌上有热茶、烤松饼和鸡蛋，还有黑面

包、蜂蜜和新鲜的水
果。喝过茶后，他们把
自己的搜寻和南瓜最新
的动作跟玛丽戈尔德小姐说了一
遍。其实玛丽戈尔德小姐从来没见过南瓜，但她已经听说过
南瓜的不少事情，对两个孩子的话很感兴趣。

"我们村子刚刚才接到消息说南瓜已经回来了。一个村民
去过城里了，他一路疾行，穿过妖精荒野把新消息带了回来。"

他们聊天时，听到窗外的花园小径上传来说话声。然后
他们听到了轻轻的拍门声。杰克和莫莉吓了一跳，但玛丽戈
尔德小姐从容地站起来。"我告诉过他别待这么晚。"她摇着
头说，然后打开了门，"噢，进来吧，提摩太。"

提摩太走了进来。看到屋子里有陌生人，他停了下来，
在门垫上犹犹豫豫地站着，两手紧张地拧着帽子。提摩太是
一个胖乎乎的、看起来有些笨拙的男孩，大概十二岁，脸颊
鼓鼓的，眼睛圆圆的，看上去一脸单纯。玛丽戈尔德小姐介
绍说这是她的侄子，这让两个孩子很惊讶，怎么看他都不像
玛丽戈尔德小姐，尤其是外表，只有头发跟玛丽戈尔德小姐
的一样，是浅黄色。

"提摩太今天出去参加了一个茶会。"玛丽戈尔德小姐对

两个孩子说，"你是去茶会了吧，提摩太?"

"嗯。"提摩太一边点头，一边用沙哑的声音口齿不清地说。

"我希望你玩得很开心。"莫莉礼貌地说。

"也需（许）[1]吧。"提摩太说，一边坐到椅子最边上。

"被什么事耽搁了，回来得这么晚？"她的姑妈问道，"你应该一个小时之前就回来了的，我不喜欢你黄昏之后还在外面。"

[1]提摩太有口音，发音不准，故译为有口音的语句。下同。——译者注

提摩太脸红了，结结巴巴地解释起来。他的姑妈微微皱了下眉头，怀疑地看着他。

"你没去妖精荒野吧……你去了吗?"玛丽戈尔德小姐问道。

"我没去，姑妈。"提摩太马上回答，"你们是从哪里来的?"他忽然问杰克。

"我们刚从妖精荒野来。"杰克答道。提摩太热切地要求杰克给他讲讲他们的历险，杰克便开始给提摩太讲他和莫莉的搜寻。提摩太听得很专心。直到他的姑妈起身走出房间准备去铺床时，他忽然靠在桌子上，打断了杰克。

"这儿!"他忽然喊了起来。

杰克停了下来，盯着提摩太，提摩太似乎非常兴奋。

"这儿，我开（看）到了，你们怎么相（想）的?"提摩太说。

"什么，什么东西? 发生什么事情了?"杰克问。

"我看到它了！"提摩太说，然后哈哈大笑起来。

杰克和莫莉困惑地看了看对方。提摩太在椅子上又摇又摆，哈哈大笑，眼泪都笑出来了，从他又白又胖的脸颊上流下来。他继续不停地喘气，不停地大笑。莫莉很担心他，从椅子上跳起来，向门口跑去，去喊他的姑妈。这让他立刻清醒过来，从椅子上跳了起来，对莫莉摇着手，示意她别去。

"别，别，"他气喘吁吁地说，"我，呵！呵！呵！我一新疯（兴奋）就会大笑……别，别喊我的姑妈……我，呵！呵！呵！呵！……等一下下……"

等提摩太稍微平复一点儿了，他说道："姑妈不可以知道，因为她以为我出去参加茶会了——其实我没去——我去了她让我不要去的地方，我看见那个东西了！"他再次回到了那种吓人的兴奋状态。

"你看到什么了？噢，请告诉我们吧。"莫莉说。

"那个……呵！呵！呵！"提摩太又笑了起来，"那个……黑叶子！"

"啊！"杰克和莫莉一起喊了起来，他们急切地抛出一连串问题，不停地打断对方。"它在哪里？""你在哪里看到它的？""你把它摘下来了吗？""你把它怎么样了？"

"我没有摘它——我没法儿靠近它，"提摩太答道，"但我知道它在哪里……"他向他们靠过来，眼睛圆圆的，往外鼓着。然后，他声音嘶哑地低语道："在橙色树林里。"

提摩太继续说下去，告诉他们他是怎么碰巧看到黑叶子的。他的姑妈似乎禁止他去妖精荒野或橙色树林，因为有传言说，南瓜的密探们就躲在这两个地方。据说昨天还有人在妖精荒野看到南瓜。虽然提摩太不相信这些传言，但他说他一直想探索妖精荒野和橙色树林，所以今天他对姑妈撒谎说去和一个朋友喝茶，其实是溜进了橙色树林。那片林子就在村子外面，他在林子里逛了逛。他还在林子里看到了帕平盖先生的房子——他以前经常听说，但从来没有见过。（帕平盖先生！杰克和莫莉一下就认出了这个名字，他是格兰的亲戚。）"帕平盖先生是一个有趣的老人。"提摩太说，"那是座有趣的房子。黑叶子就长在他的花盆里，就在那座房子里！"他恳求杰克和莫莉千万别告诉他姑妈他去过林子里，姑妈会很生气，说不定会把他送回他父亲那儿，而他现在还不想回家。

"等你们拿到黑叶子了，我去哪儿都没有关系了。"提摩太说。

提摩太一想到她姑妈可能会知道他没有听她的话去了橙色树林就很苦恼（虽然她看起来不像是那种特别严厉的姑妈），于是两个孩子向他保证绝不说出此事。

"你能明天跟我们一起去，给我们带路吗?"杰克说。

但是提摩太摇了摇头。"我宁愿你们去过之后再告诉我情况。我受够那片林子了，到处都是'沙沙沙'的声音在响。我是一路跑着回家的。"他承认道，"噢，有一件事情你们要记住，别让帕平盖先生知道你们是来找黑叶子的。他是个有趣的老人，也许他不想让你们得到黑叶子。你们可以一直等到看到那个黑叶子。它在厨房的窗户下面，在花盆里，我就是在那里看到它的。"

两个孩子谢过提摩太，然后开始兴奋地讨论第二天的计划，这时玛丽戈尔德小姐探身朝楼下喊，说楼上一切都准备好了。

"提摩太，我刚才听见你笑得很厉害。"她说道，"那个茶会让你很兴奋嘛。"

"嗯。"提摩太温顺地表示同意。

这天晚上，两个孩子非常疲惫，虽然他们很兴奋，但还是在玛丽戈尔德小姐为她们铺好的温暖舒适的床上沉沉睡去。

他们醒来后的第一个想法就是关于帕平盖先生家里的那个花盆：他们恨不得马上启程去橙色树林。但他们发现这个村子里的人已经为他们做了别的安排。消息已经传开了，来自"不可能世界"的两个孩子来村子里搜寻黑叶子，村子里的人打算热烈地欢迎他们，并给予他们所需要的任何帮助。吃早饭时，两个孩子注意到人们总是在窗口停下来，透过窗户看他们。从玛丽戈尔德小姐的只言片语中，他们意识到如果不认认真真搜寻一番，肯定会让村子里的人非常失望，他们必须在众目睽睽之下彻底地搜寻这里。杰克和莫莉开始觉得他们像被当成了某种演出或者娱乐。尽管如此，他们还是商量了一下，计算了一下搜寻这个村子的时间——用不了几个小时，因为这个村子非常小。他们决定先搜寻这个村子，下午再出发去橙色树林。也许提摩太说的不对，叶子说不定在村子里。总之，把村子给忽略掉是不行的。

于是，吃完早饭他们马上开始工作了。因为睡得很好，又吃了玛丽戈尔德小姐准备的健康美味的食物，他们觉得精力充沛。他们热情地感谢了玛丽戈尔德小姐，和提摩太道了别，然后开始了这一天的搜寻。

但他们之前估算的时间没有考虑村民们的影响。村民们是如此执着、热切地想要帮助两个孩子，以至于在任何一个方面，他们都妨碍并延误了两个孩子的搜寻进度。孩子们、男人们、女人们都跑来向杰克和莫莉建议黑叶子可能出现的地方，并坚持带他们去那些地方，然而每一次这样的搜寻都徒劳无功。

在一个男人的极力要求下，他们搜寻了他所拥有的一片土地，当杰克和莫莉告诉他黑叶子不在那里的时候，这个男人竟然表现出了极大的惊讶。（虽然他很清楚黑叶子不在他的土地上，因为他自己已经搜寻过一遍了。只是，当邻居们的土地都被搜寻过后，他认为自己的土地不能够被忽略掉。）

还有一个老太太坚持把她窗口的花箱挖个底朝天，让两个孩子看看黑叶子在不在那里。她意识到，当两个孩子待在她家里时，在邻居们的注视下，她自己也好像变成了一个重要人物。

两个孩子得到的关注让他们觉得很不舒服。但是，他们仍然搜索了每一个花园、每一寸街道、每一片土地、每一条小径、每一块围场，甚至每一个花盆，这让村民们很满意，他们自己也感到很安心。最后，杰克和莫莉向村民们道了别，急切地往橙色树林走去。

这时早已是下午了，阳光打在林中的树上，把金色和棕色的树叶映照得一片火红。

14 橙色树林中帕平盖先生的房子

当两个孩子踏进树林，所有声音一下子全消失了，一切都静止了。没有小鸟歌唱或拍打翅膀，没有小动物从干燥的落叶上跑过，没有微风吹拂金色树叶，让树叶沙沙作响。阳光安静地照耀在树枝上，眼前的一切都蒙上了一层橙色的奇异微光——这就是这片树林被称为"橙色树林"的原因。当杰克和莫莉向前走去时，发现自己说话一直很小声，好像怕惊扰了林子里令人压抑的宁静。他们的脚步听上去格外大声。

"我说，莫莉，我们加快速度，一直走到帕平盖先生那里，看看那是不是真的黑叶子，你觉得怎么样？如果不是的话，我们再搜寻林子里其他的地方。"杰克建议道。

莫莉欣然同意。他们记得有传言说林子里到处都是南瓜的密探，而密探们肯定都驻扎在黑叶子生长的地方附近，把它包围起来。所以两个孩子觉得，黑叶子很有可能就在帕平盖先生的花盆里。

"谢天谢地，我们知道我们可以相信帕平盖先生，"莫莉说，"如果我们能找到他，如果黑叶子就在他那里，那就太棒了。"

莫莉忽然停了下来，回头小心地瞥了一眼："这里的一切都静得吓人，杰克，这片树林就像长了耳朵在偷听我们说话！噢！这是什么鬼地方啊！"

"这儿没什么鬼，莫莉，别这样，你真吓了我一跳。"杰克战战兢兢地说着，也回过头去看身后。树林里的光线慢慢暗下去，在远处的树下，昏暗不清的影子越来越浓重。

"我听到有些树枝在发出噼啪声——很大声。"莫莉瞪大眼睛说。

"你不用故意吓我，莫莉。无论怎样，我都不害怕，就算你害怕我也不害怕。"尽管如此，杰克还是小跑起来，莫莉发现要跟上他有些吃力。

"我也不害怕。"莫莉气喘吁吁地说。

"我也不害怕。"杰克重复了一遍，然后又跑远了一些。

他们都跑起来了。

"当然——我们应该——尽可能——快点儿到那里，别——浪费——一点儿时间。"莫莉断断续续地说，为他们忽然跑起来感到有些不好意思。

他们沿着路跑了一小段，直到眼前出现了一条小径。他们看到那里有一片空地，空地中央有一座房子。

"停一停，莫莉。"杰克说，他几乎喘不上气来。他们都停了下来，一动不动地站了一会儿。

"我们——就这样——跑到他那儿去——是不行的。我们那样看起来——会很滑稽的。"

莫莉同意杰克说的话。于是他们等呼吸平复后才从容地走进那片被一圈大树包围的开阔的林间空地。空地中房子的上方，是一大片开阔的天空。从树林里昏暗的光线中走出来，他们感到这里很明亮。

矗立在他们面前的是一座造型奇特的房子，但到底是什么让这座房子看起来这么奇怪，杰克和莫莉一时还看不出来。房子周围铺着柏油，四四方方围成一圈。再走近些，他们发现柏油路四周都有白色的细条，看起来就像是平放的篱笆——那确实就是"篱笆"，只不过不是真的篱笆，而是用白色颜料画上去的。两个孩子抬头看这座房子，然后忽然明白是什么使这座房子看起来那么奇特了。房子上的一切几乎都不是真的，而是画上去的。只有这座房子本身和它的前门是真的。门环、门把手和信箱都是画上去的。有三个窗户看上去是真的，另外三个显然是画上去的，而且还是某个不怎么精于绘画的人的作品。房子四周的柏油路面上还画着一棵巨大的树、一排郁金香和一条通向前门的小路，小路两边是画上去的石头。

两个孩子无比惊讶地注视着这些东西，这时，前门忽然打开了，房子的主人出现在了门槛上。

"到里面来吧，"他殷勤地说，从眼镜上方盯着他们看，"门闩要向下拉。别怕狗，我跟他说一下，他就不会伤害你们。

乖，珀西，乖！坐下，珀西！真是我的乖狗狗！"

杰克和莫莉奇怪地环视了下四周，但是连狗的影子都没有看到，直到他们看到一幅黑不溜秋的画，近看才发现画的是一条黑狗拴在红色的狗舍里——都画在进门几英尺处的地面上。两个孩子满心疑惑地对视了一会儿，然后想起了格兰的话："跟他来点儿幽默，他是个古怪的老家伙。"

于是莫莉弯下腰，假装拉下门上的门插关儿。她和杰克小心地走在柏油路面上，从平面的门上走了过去，然后她转过去，假装关上门，并闩好。当他们经过那条画上的狗时，莫莉忽然有了另一个好玩儿的想法。"乖狗狗，乖狗狗。"她说着停下来，拍了拍柏油路面。

老人朝莫莉微笑着。"我跟他说没事的时候，他一点儿都不会伤人，"他真诚地说，"你们真应该看看他有多威风。你们站到台阶上，然后我会告诉他那边的角落里有个巴思椅[1]。他

[1]巴思椅（bath chair）是源自英国温泉疗养胜地巴思（Bath）的一种带篷轮椅。——编者注

讨厌那个东西。"

两个孩子看不到真正的台阶，他们看到前门边上有个画上去的白色方块，就站了上去。

"现在，"老人喊道，"快咬！珀西，快咬！角落里有个巴思椅！"

画中的狗用无神的眼睛看着天空，周围一片寂静，只有

风吹过树梢发出的"沙沙"声。

老人骄傲地看着那只狗，又转向两个孩子。"他是不是很凶猛？"他咯咯咯地笑着说，"别愣着，好小子！让他们瞧瞧你的厉害！"

他似乎在期待回应，于是莫莉说："他，他确实看起来相当凶猛，不是吗？"

"这里没有东西是他看不到的，"帕平盖先生说，他显然对莫莉的回答很满意，"来，进来，快进来。"

于是两个孩子走进了狭窄的光线昏暗的客厅，帕平盖先生关上了他们身后的门。

"这边走，"他说着从两个孩子身边挤过去，突然打开了右手边的一扇门，"进来，坐一会儿。这是我的书房。你们觉得怎么样？"

因为帕平盖先生的问题是在杰克和莫莉进入房间之前问的，所以在莫莉看到他的书房并回答他之前，有一段小小的停顿。莫莉进入房间后礼貌地说："这真是个——不同寻常的房间。"

"全是我自己弄的。"老人说，他往墙那边很夸张地一指。

两个孩子的目光随着老人的手势落到墙上一排排的书上。毫无疑问，这些书都是画上去的。他们还注意到在这个令人惊叹的房间里，地毯、椅子、桌子、窗帘甚至壁炉都是画上去的。杰克的目光在房间里快速地游走，但他没有看到一样真实的东西，除了他自己、莫莉和站在他们眼前的老人。他仔细打量了老人两次，以确定他是真的，而不像房间里的其他东西那样是画出来的。但是帕平盖先生确实足够真实了，瞧瞧他的眼镜和秃秃的脑袋就知道了。他头上唯一长头发的地方是后脑勺靠近脖颈的地方，像流苏似的长了一圈。他的下巴上长了几根稀疏的胡子，一双蓝眼睛圆圆的，眉毛的位置长得很高，使他看起来总是一副很惊讶的表情。他深色的衣服外面套了一件棕色格子的晨衣，系了一根带穗子的腰带，脚上穿了一双看起来很旧的红毡拖鞋。这时，杰克的眼睛滴溜溜地转，他注意到老人晨衣上的扣子也是画上去的。但那是帕平盖先生身上唯一一样画上去的东西。

"自己做东西实在是很方便。"他对莫莉解释道，"我想要什么就能拥有什么，还可以随时换掉，都随我喜欢。"

"你不觉得这些椅子坐上去有些别扭吗？"杰克问道。

"一点儿都不别扭啊。我为啥要觉得别扭？"老人答道，似乎感到自己有点儿被冒犯了。

"好吧，好吧，你看——它们不是真的，难道你说它们是真的吗？"杰克说。

"不是真的？！你什么意思？"帕平盖先生呵斥道，"它们当然是真的。找一个椅子坐下来试试。"

"别傻了，杰克。"莫莉插嘴道，"它们看起来当然很舒服啦。我认为您真是太聪明了，自己会做这些东西。"她转向老人说。

"噢，不，不，一点儿也不。做这些东西简单极了。"帕平盖先生快活地说，他的怒火马上就平息了，"你来坐一下试试。它们可能看起来很舒服，但看归看，总归和实际坐上去不一样。你来坐坐试试。"他鼓励道。

于是莫莉假装坐在一把画中的椅子上，这是一种非常奇怪的体验。虽然她知道那儿根本没有椅子，但她感觉自己好像真的坐在椅子上。所以，当老人脸上带着羞涩的微笑问她："现在，是不是坐上去也很舒服呢？"她实事求是地回答："是的，确实很舒服。"

然而，后来杰克告诉莫莉，趁莫莉和老人没注意时，他也试着坐了坐椅子，结果差点儿摔到地板上。"我发现那所谓的椅子一点儿也不舒服——委屈我的屁股了。"他说道。

等他们夸这个书房夸到令老人十分满意时，老人又把他们带回客厅，然后带他们上楼，走进一个奇怪的被他称为"客房"的房间。他们上楼时，莫莉试着告诉帕平盖先生她和杰克是谁，他们是怎么认识格兰和格兰的父亲的，但是老人一直滔滔不绝地说话，根本没有注意听。

两个孩子发现要把客房里的东西当作真的，还要很有礼貌地把这里的一切当作真的简直是一个史无前例的难题。要假装感到铺在楼梯上的地毯又真实又柔软很困难，假装能把书房里的书拿出来阅读也很困难，但是这些困难和他们在客房里面对的困难比起来只是小巫见大巫。这是一间小小的、天花板很高的房间，房间里的椅子、桌子等家具全都是画上去的。除了家具，这个房间里还有画上去的人。四周墙上、地板上，有人站着、有人坐着，有女士有先生，有女孩有男孩。有些人戴着帽子，似乎只是下午来拜访一下，有些把帽子摘下来了，似乎是一整天都在这里做客。但无一例外，所有的人都是画上去的。在一扇真实窗户的窗玻璃上，画着一个黄头发的人的背影，这位穿着深灰色外套，白色领子高高立起的绅士显然在往窗外看。

当两个孩子环视着四周这些古怪而静默的人们，犹豫着该怎么做时，他们发现老人正在对一位画上去的身穿亮紫色衣服的女士喃喃低语，似乎在向她做某种介绍。

"这是我亲爱的朋友波布乔伊女士，"他说，"波布乔伊女士，请允许我向你介绍我的两位小朋友——呃——顺便问一下，你们两个叫什么名字?"

两个孩子把自己的名字告诉了他，并趁机向他解释了他们是谁，他们是怎么认识格兰的。

"哎呀，哎呀!"帕平盖先生说，"这真是太不同寻常了!"他殷勤地和他们握手，然后向他们介绍波布乔伊先生——一个画在墙上的，站在他妻子身边的红脸庞的绅士。

莫莉很有礼貌地向他鞠躬。"我很高兴见到您。"她说道，一边用手肘轻轻地推了一下杰克。

"您……好。"杰克说道，心里暗暗觉得自己这样说简直蠢透了。

身穿亮紫色衣服的女士眼神空茫地盯着两个孩子。

"波布乔伊女士看到新面孔总是很高兴，不是吗? 女士? 哈! 哈! 喜新厌旧，喜新厌旧啊。你怎么说? 波布乔伊先生?"帕平盖先生碰了一下画中的波布乔伊先生。然后他一个个问候画中的客人，不停地和他们说说笑笑，还时不时地摇晃脑袋。"这是小莫迪。小莫迪今天过得怎么样? "他弯下腰开玩笑地轻轻弹了一下一个小女孩的胖脸颊。小女孩头发黄黄的，穿着粉色的罩袍，斜靠在一个画出来的餐具柜上。"这里有个小女孩想见你，莫迪，你会喜欢她的，对吗?"然后他转向两个孩子，"她今晚有点儿不高兴，她有时是会这样的。

别在意——她马上就会好的。靠窗的这位是沃夫先生——我这会儿不会把你们介绍给他，我估计他现在可能正有了一个灵感，被外面的景色深深吸引住了。他是个诗人，你们懂的……到这儿来，让莉齐和她的妹妹见见你们。"老人匆匆地往房间另一边走去，两个孩子跟在他身后。

"我说，莫莉，"杰克低声说，"你觉得我们到外面后是不是应该看看沃夫先生的正面。我想看看他的脸。"

"为什么?"莫莉感兴趣地问。

"因为我不相信他真的有一张脸。我们走出去的时候，记得看一下。"杰克说道。

两个孩子跟着老人走过去，老人说："这是莉齐，这是她的妹妹。她们是非常聪明的女孩。两个都是。"他很小声，这样穿绿色罩袍的莉齐就不会听到了。他逐一向客人们介绍两个孩子，好像他永远都不会离开这个房间了。最后莫莉告诉他说他们没法儿待太久，因为他们希望天黑之前能走出橙色树林。

"噢，你们现在还不能走，"他反对道，"我还有很多要给你们看的呢……噢！这让我想起来了……你们得先来看看我的厨房，那里的设计可是一流的，然后我还有一些激动人心的事告诉你们。"他神秘兮兮地点了点头。

莫莉和杰克交换一下眼神，显然他们都想到了同一件事。当他们跟着老人下楼时，他们忽然想起来，虽然老人向他们介绍了房子里所有的人和事物，却没有介绍他自己。他忘记了这一点。他领着两个孩子去厨房，穿过过道时，两个孩子看到离厨房几尺远的过道墙上画着一个手端托盘的女仆。（"她永远都不能走远，生活多枯燥啊！"莫莉想，但她什么都没有说。）

厨房和其他房间很相像，里面的东西差不多都是画上去的。她很奇怪帕平盖先生是怎么清洗锡碗里的那些茶杯和碟子的，要知道锡碗是画在水槽里面的，水槽又是画在墙上的，而水龙头、茶杯和碟子似乎又是真的。但是她不敢问问题，生怕一问问题就耽误了听那个激动人心的消息。

进屋时，两个孩子快速瞟了一眼窗台，那儿没有花盆。帕平盖先生带着他们在厨房逛了一圈，他们赞美了每一样东西，从烤架上画着牛肉的烤炉到挂在碗柜上的画出来的搅蛋器。帕平盖先生叫他们坐在厨房窗边上的长凳上——这是一条真正的长凳，这让杰克稍感安慰。然后帕平盖先生说："有些事情我觉得你应该知道。"他小心地关上厨房的门，这样过道上那位画上去的仆人就听不到了，这时，两个孩子的心跳都加速了。帕平盖先生走近他们，站在他们面前。

"灰南瓜已经回到这片土地上了。"他严肃地说。然后他停下来，等待着接下来的惊呼，但他期待的惊呼没有出现。

"我们当然知道。"短暂的停顿后，杰克说。

帕平盖先生看起来有些惊讶，又有些被冒犯的样子。"咦，你们是怎么知道的？"他问道。

两个孩子如实告诉了他，还向他解释了他们正在进行的搜寻。

"好吧，好吧，好吧，"他最后说道，"我也在搜寻黑叶子。我听说南瓜回来后，就彻底地搜寻了橙色树林的每一寸土地，而这就是我真正想要告诉你们的——当我发现黑叶子不在树林里的时候，你们知道我做了什么

么吗？"他兴奋地问。

"你做了什么？"两个孩子一起喊了起来。

"我画了一片黑叶子，"他得意扬扬地说，脸上满是喜悦，"喏，它就在这儿。"

他打开了身后的壁橱，壁橱里有一

个花盆（花盆是真的），里面种着一片黑叶子（黑叶子是画上去的）。当然，这片黑叶子完全是假的，它甚至不是涂上黑颜料的真叶子，而是用报纸剪出来的，然后又被涂上厚厚的黑颜料。

有那么一会儿，杰克和莫莉都没有说话，他们说不出话来。他们彻底失望了。他们浪费了那么多的时间来"幽默"帕平盖先生，就只为了这么一片假叶子？他们几乎没有意识到之前自己对此行的期望有多高，直到现在一切又回到了起点。莫莉很努力才没让眼泪掉下来，杰克这时很想对着什么东西踢上一脚。

同时，帕平盖先生对他们的沉默感到很困惑。他把花盆从壁橱里拿出来，放在长凳前面的地板上。

"那么，你们觉得它怎么样？"他问道。

"你准备拿它来做什么？"杰克问道。

"我会告诉你的，"帕平盖先生说，"我已经决定了，你们可以得到这片叶子，并把它带回城里。我昨天还在想，我可以让谁把这片叶子带走。现在还没有到我一年一次进城的时间，而且，珀西最近咳嗽得很厉害，在他病情好转之前我没法儿离开，那可怜的老家伙。"

"但是它不可能——不可能和真正的黑叶子一样。"杰克说道。

"为什么不一样？为什么不一样？"老人敏感地说。

"哦，这不是魔法，对吧？"杰克反对道，"它对南瓜不会有什么作用。"

"我不能保证它有魔法，也许它对南瓜的作用和真叶子对南瓜的作用不一样。"老人承认道，"但那算什么？他们不会知道的——人们不会知道的——而且，无论如何，它看起来很靓，想想大家会多惊讶……"

两个孩子知道，这时候和老人争辩没什么用。帕平盖先生这时看起来格外受伤和生气，为了让他高兴，也为了少耽搁些时间，两个孩子谢过他，并说他们愿意带走他的"黑叶子"。（他们当时并没有想到，之后他们会多么高兴自己带走了"黑叶子"。）

"您真是太聪明了，自己做出了黑叶子。"莫莉说。

帕平盖先生的坏情绪马上就烟消云散了，他微笑着，几乎是深情款款地看着那片叶子。

"我不知道怎么样算是聪明，"他说道，"好吧——这还算一件不赖的作品。"他谦虚地赞同道。

"好吧——我觉得我们真的该走了，"莫莉说，"否则林子里太黑，就很难认路了。我们能把叶子摘下来，把它带走吗？"

"它在花盆里看起来很不错，我最喜欢它在花盆里了，把花盆也带走。"帕平盖先生说，"过几天我会去城里的，到时候你们得告诉我关于它的一切——人们看到它的时候都说了些什么。我猜你们是要直接回城里了吧？我敢肯定，在听到别人评论这片黑叶子之前，你们应该不会再想去找另一片黑叶子了。"

真是以自我为中心的帕平盖先生！他以为两个孩子会更在意人们怎么评论他的叶子，而不是继续搜寻真正的叶子！

两个孩子早已下定决心要继续搜寻，他们告诉帕平盖先生他们必须走了。他们说，他们希望回到城里后可以马上向人们展示帕平盖先生的"黑叶子"，他们非常愿意这样做。帕平盖先生听了这话有点儿高兴了，说他们最好带上"黑叶子"，因为他们肯定比他早到达城市。然后他问两个孩子接下来要搜寻什么地方。

"你们用不着搜寻这片树林——从树林的这头到那头我都彻底搜寻过了——就像我告诉过你们的那样。而且，"帕平盖先生说，"现在这个时候在树林里逗留并不明智，灰南瓜在这片树林里安插了很多密探。当然啦，他们从来不会碰我——珀西不会让他们接近我的。但是你们两个我可说不好！我很确定黑叶子不在树林里，否则我早就找着了。"

两个孩子对帕平盖先生所谓的仔细搜寻可不抱什么信心，但是他们往窗外瞟了一眼，发现外面天色已黑，今天晚上是没有办法搜寻林子了。他们最好尽快走出树林，即使第二天早上要回来重新搜寻。

他们注意到帕平盖先生在低声说着什么，似乎是为不能留两个孩子过夜而感到抱歉，因为他家已经挤满了客人——波布乔伊夫妻还有其他人。他知道树林外面有个很不错的小农舍，两个孩子在那儿住应该挺舒服的。莫莉和杰克很高兴有这么个农舍，这样他们就不用在荒僻的树林里过夜了。他们认为帕平盖先生很粗心，他肯定有个窗户没有关紧，这样南瓜的密探就会从树林中悄悄跑出来，溜进房子里。也许帕平盖先生没这么粗心，可两个孩子就是有这样的感觉。他们谢过帕平盖先生，告诉他完全不用道歉，他们真的不留下来过夜，必须马上走了。

"我会告诉你们怎么走，"帕平盖先生说，"我会把我的灯笼拿来，跟你们一起去，告诉你们怎么走才能尽快走出树林，到达农舍。"

听帕平盖先生这么一说，他们觉得放心多了，在黑暗的树林里赶路时有人做伴，还有灯笼一路照明真是没有料到的好事。一顿手忙脚乱、东翻西找后，帕平盖先生终于找到了灯笼，然后护送两个孩子从前门出去——他对珀西说了几句指示的话（珀西仍然若有所思地凝视着夜空），然后他们经过大门，走过柏油路面，上路了。帕平盖先生坚持自己扛着花盆和叶子，说他一直要扛到树林尽头，那时他和他的花盆、叶子才真正要分别了。于是，帕平盖先生左臂夹着花盆，右手提着摇摇晃晃的灯笼，大步走在两个孩子前面，一边走还一边开心地大喊着："来吧，来吧。我会带你们抄条近路。噢，我很高兴我把我的灯笼也带来了——树林里有些地方肯定会特别黑的。"

两个孩子跟着他，困惑地盯着帕平盖先生的灯笼。然后，他们明白了。在树林最黑暗的地方，这个灯笼也不会发出任何光亮，因为，它只是一个画出来的灯笼。

15 杰克的不幸

　　两个孩子为了能跟上帕平盖先生，走得很快。他们的这位向导，一路疾走，压根儿不会转头看两个孩子有没有跟上来。他们一离开林间空地和身后奇怪的小屋，扎进树林，就发现树林里非常黑。即便如此，他们依然向前行进。他们身后的灌木丛和树丛里不时传来奇怪的"沙沙"声，如果你恰好是一个想象力丰富的小孩，那些声音准会让你想到各种各样吓人的东西。

　　当然，他们一直带着老南希的礼物——火柴。如果这里的黑暗变得让人无法忍受，他们就会使用火柴。杰克和莫莉都记得呢，但他们都不太确定现在是不是使用火柴的合适时机，如果他们说帕平盖先生的灯笼没有提供足够的光亮，他们担心会冒犯这位向导。

　　他们在寂静中快速地走着，直到身后的灌木丛里传来很响的"沙沙"声，吓了莫莉一跳。莫莉觉得自己再也没法儿承受这样的寂静了。

"您不觉得住在这儿很寂寞吗——一个人住在树林里？"她望着走在前面的那个急匆匆的背影，问道。

"哦？"帕平盖先生应了一声。

这时候能聊聊天真是让人好过多了，于是莫莉很高兴地重复了一遍问题。

"一点儿都不，"老人答道，他的步子没有放慢，也没有转过身来，"我为什么要觉得孤单？我有很多客人，珀西也会照顾我。"

"话是那么说，但是您不害怕劫匪或者其他坏人吗？"莫莉问。

老人笑了。"劫匪？我倒想瞧瞧劫匪是怎么过珀西这一关的。另外，我这儿有什么可偷的？我这幢房子最好了，没人能从我这里拿走任何东西。我平时就用我画的那些东西，我还能从作画中得到乐趣——我想要新东西的时候，就把旧东西给涂掉，画上新的。它们没法儿被偷走——它们对其他人来说一点儿用都没有，你也看到了。至于南瓜的密探嘛，"他继续用很大的声音说，把杰克和莫莉震得发抖，感觉他好像在他们头顶说话似的，"我才不怕他们呢，他们根本碰不到我咧……"

莫莉轻声尖叫起来，似乎有东西扫过她头顶，还擦过了她的额头。

"就是只蝙蝠，莫莉。没什么好怕的。"杰克用颤抖的声音说。

"这一带的蝙蝠可多了，还有猫头鹰。"帕平盖先生说。他继续快速往前走，一秒也不停顿。似乎是为了回应帕平盖先生的话，树林深处传来了"呜——呜——呜——"的悲切的叫声。两个孩子紧紧抓住对方的胳膊，步子越迈越快。

又过了一会儿，远处出现了一片亮光，孩子们发现亮光出现的地方正是树林的尽头。

"好啦，"当他们走出树林的时候，老人说，"这下你们能自己找到路了吧，你们能吧？我要回去了，珀西不喜欢我在外面待太晚。那个就是我说的农舍了，直接穿过这片田野，走过阶梯和河上的木桥，爬几分钟的山，你们就能看到我说的地方了。你们可以吗？"然后，他指着远处的农场对孩子们说："你们可以跟他们提我的名字，农夫法默·罗斯跟我很熟咧。现在，你们拿着这个。"他说着把种着他那珍贵"黑叶子"的花盆交给莫莉，说："好好保管它。希望我很快就能再见到你们两位。再见，再见。"

"谢谢您带我们抄近路走出了树林，"莫莉说，"您真是太好了。"

"的确如此。"杰克说。然后，因为安全走出了树林，杰克松了口气，所以他慷慨地补充道："我说，你那个灯笼真是件杰作！"

老人点了点头，面带笑容，显得很高兴。然后，他挥了挥手，重新走进了橙色树林，那盏画出来的灯笼在他身旁摇摇晃晃，然后他和他的灯笼都消失在了树林里。

帕平盖先生一走，杰克和莫莉就停下来，看了看四周。他们再次来到了乡间，但是这里跟树林那边的乡村比起来，地势更加起伏不平。他们刚刚穿过了整片树林，来到了树林的另一头。

这里直接面向一片田野，一条狭窄的小道从中穿过，一直延伸到绿色树篱中间的台阶下。在台阶的另一边是一条小路，还有一座架在河流上的小木桥，河流那边，远处是绵延的山丘和农舍。那里处处都有红屋顶、白墙的小屋和农舍。

夜色更浓，他们在树林里时黑云飘在树林上空，而现在黑云气势汹汹地在他们头顶上方聚集起来。

"今天晚上太黑了，没法儿搜寻黑叶子了，"杰克说，"我觉得我们这会儿最好直接去农场那边，明天早上再回来把这一带搜寻一遍。"

"嗯，这样最好，"莫莉说，"我对橙色树林的搜寻还不太满意，你呢，杰克？我觉得我们一定要回到橙色树林去搜寻，明天去。它看起来不是很大。"

两个孩子转身去看树林时，雨滴开始落下来，于是他们加快步子向台阶走去。

"我在想帕平盖先生是不是真的彻底搜寻过橙色树林，"莫莉说，"他看起来是那么有趣的一个老人——我都不知道怎么说他好。"

"我知道，"杰克笑了起来，"帕平盖先生很粗心，他不会仔细地搜寻树林的。莫莉，恐怕我们明天还得搜寻橙色树林，白天搜寻应该不会太难。哎呀！雨已经落下来了。我想我们遇上暴雨了。"

他们继续向前走去，爬上台阶。走上桥时，莫莉停了下来。

"我说，杰克，"她说道，然后杰克停了下来，"我想把这个花盆扔进河里——我们一路带着它太重了，但是我不能把它扔到田野里，免得帕平盖先生看到。"她把叶子从花盆里扒出来，折好放进背包，然后把花盆扔进湍急的河流里。

"你留着这片叶子干什么？"杰克喊道。风越刮越猛，为了让莫莉能够听到，他只好提高嗓门。

"噢，我不能把它扔掉，"莫莉说，"这东西说不定会有用。"她边说边和杰克肩并肩往山上跑去："这事很难预料。"

"可怜的提摩太要是知道他的'黑叶子'是这样的，肯定会觉得自己被愚弄了。"杰克咯咯笑着说。

当他们走到农舍前门时，雨已经非常大了。他们敲了敲门，还按了门铃——但没有人应，屋子里也没有任何响动。他们又敲了敲门，然后绕到屋子后面，敲了敲后门。仍然没有人来开门。他们开始担心屋子里是不是根本就没有人。事实似乎就是这样。马厩和屋外的厕所都被锁了起来，虽然其中一间马厩里传来马的声音，院子的鸡圈里有几只家禽。显然，房子的主人不在家，但也没有出远门。于是，杰克和莫莉决定在前门的走廊上躲会儿雨，等暴雨停，或者等法默·罗斯回来。

"哦，天啊，这真是一个糟糕的夜晚！"莫莉说，"你是不是被淋湿了，杰克？"

"只淋到一点点。待在走廊里挺舒服的。"杰克答道。然后莫莉听到杰克还在咯咯笑。"我刚才在想老帕平盖，"杰克解释道，忽然，他喊了起来，"哎，真糊涂！"

"怎么啦？"莫莉问。

"我完全忘记要看看沃夫先生的脸了！你为什么不提醒

161

我?"杰克说。

"我也忘记了,"莫莉回答,"没关系,如果我们明天搜寻橙色树林的话,到时候可以再去看看。"

"我们不能让帕平盖先生看到我们。真是有趣!这就像是玩躲猫猫。"杰克说,"老天,这风咆哮得可真够凶的。"

他们安静了一会儿,蜷缩在走廊里。暴风雨越来越猛烈,天色很黑。忽然,杰克的喊叫声打破了走廊中的寂静:"糟糕!"

"怎么了?"莫莉问。

"噢,我是说,莫莉,我把它们给丢了——是的,我丢了我的那盒火柴——老南希的火柴。"

他们翻遍了杰克的背包和所有口袋,最后发现,杰克确实很不幸地把火柴弄丢了。

"它们肯定掉出去了……让我想想,爬台阶的时候火柴还在呢,我敢肯定,我当时把手伸到背包里拿了一块方糖,我记得我碰到火柴盒了。"杰克努力回忆着,"我估计我把它们丢在桥上的什么地方了。莫莉,帮我拿一下我的包和东西,我回桥上去找那盒火柴。没错的,我敢肯定我听到有东西掉到桥上了。我去去就回。你在这儿等着,莫莉,我很快就回来。现在雨下得没那么大了。"

"别走,杰克!"莫莉喊道,"外面又黑又湿……噢,杰克,别去！我这儿还有剩下的火柴呢，别管你的那盒火柴了。"

但杰克根本就不听她的话："它就在这小山坡下面，我去去就来。你在这儿等着，我必须拿回它们，莫莉，我们也许会用得着的。现在还不是很黑，我能看见。"

"等等，等等，杰克。噢，我知道了，让我点亮一根火柴，看看我们能不能通过它找到另一盒火柴。"莫莉在她的包里快速地摸索着。但杰克没有听到她说的话，已经急着出发了，一边回过头来对莫莉说："我很快就回来。在这儿等着，莫莉。"

"我也去！"莫莉喊道，但是风呼啸而过，杰克往山下跑去，根本没有听见。

莫莉把杰克的背包扣紧，和自己的背包一起挂在肩膀上，手里紧紧握住自己的那盒火柴，就去追弟弟了。她一边跑一边喊杰克的名字。杰克就这样鲁莽地离开是很傻的，她想。她只顾着要赶紧把弟弟从黑暗和雨幕中安全地带回走廊，直到往山下跑了一半的路程，才想起手中的火柴。她停了下来，划亮了一根火柴。没有一根普通的火柴能在这样的暴风雨中燃烧一秒钟，但是老南希的火柴，她已经知道，并不是普通的火柴。火柴的光就像之前一样向一边聚集，直指向山下。

莫莉刚好能看见杰克在她前面奔跑的身影，他已经到达桥那边了。这时火柴的光向右转去，直指山上。

　　莫莉转身往那边看去，但什么都看不见。这是什么意思？

她加快速度向山下跑去，当火柴熄灭后，她又点亮了一根。

　　在火柴光的照耀下，莫莉看到杰克在桥那边，他已经过

了桥走到小道上，正弯腰把什么东西捡起来。这么说，他已经找到他的火柴了！但她除了看到杰克，还看见有什么东西正沿着河岸从橙色树林的方向过来，向桥的方向过来。这时，

莫莉看清了那个从河对岸向杰克靠近的东西了，火柴光忽然改变了方向，指向了山上。

那东西是灰南瓜。杰克没有看到他。

火柴光指向的是逃跑的方向，向山上跑是安全的！火光在地下室时就指出了逃跑的方向。

看到杰克处在这样的危险中，莫莉根本顾不上自己的安危。她向前冲去，大喊："杰克！快跑！快！回来！看看你身后！"风在她身边咆哮，似乎在嘲弄她，杰克根本没有听到莫莉的喊声。

她向前跑时点燃了另一根火柴，借着火柴光，她看到杰克站起来转过身——他看到了身后的灰南瓜。他拔腿就跑，但是滑倒了。他跪倒在地上，再想爬起来时，南瓜碰到了他。杰克整个人好像瘫倒在了地上，然后，他消失了——他所在的位置出现了另一个灰色的大南瓜。莫莉停了下来，一动不动地站着，惊恐万分地盯着那个大南瓜。这时，她的火柴熄灭了。她机械地点亮了另一根火柴，正在这时，她听到几英尺远的地方传来可怕的碰撞声，她看到暴风雨折断了木桥，倒塌的木桥掉进河里，被卷进湍急的水流中，立刻打着漩儿被冲走了。如果木桥没有折断，莫莉下一秒就会出现在桥上。（她在绝望中已经忘记，其实即使她去了也什么都做不了，自己也会被逮住。）莫莉站在水边，被这突然发生的一切惊得目瞪口呆。而在河的另一边，两个灰南瓜正沿着小路慢慢地向又高又黑的树林滚去。

半个小时后，农夫法默·罗斯和他善良的妻子罗斯夫人回来了，他们发现门廊上坐着一个小女孩，正哭得伤心欲绝。

16 莫莉得到了一个礼物

罗斯夫人对待莫莉就像朋友一样。她把莫莉抱进屋里，让她换上新衣服，还在烧得很旺的火炉前给莫莉烤湿衣服。她让莫莉不要着急说谢谢或解释什么，先喝完一大碗牛奶，吃完面包。

然后，当罗斯夫人和莫莉（包裹在罗斯夫人温暖的斗篷中）围在炉火旁时，莫莉把自己的故事告诉了他们，一边说一边为杰克的悲惨遭遇哭泣。

"噢，亲爱的，"罗斯夫人安慰她，她这么说的时候自己的眼睛里也满含泪水，"哭是没用的，你知道的。你现在要做的是下定决心找到黑叶子，然后，很可能，你还能让你的弟弟回来。"

"噢，我决心要找到黑叶子，"莫莉哭着说，"我之前就下定决心了——我会找到它的，不管发生什么。"

"你今天晚上一定得好好休息，这样明天早上才能精神饱满地开始搜寻。你不能再哭了，再哭下去会把自己弄生病的，病了可什么事情都干不了了。"罗斯夫人说。

莫莉觉得罗斯夫人说得很对，就尽力止住哭泣。但她脑子里还是不停地想着杰克，想着他们这会儿在对他做什么，南瓜为什么要把杰克变得和他一模一样。她没法儿想象回家找妈妈的时候，身边没有杰克。她也不会一个人回家，她对自己发誓。她要待在这个国家，不断地搜寻、搜寻，直到找到黑叶子为止，即使她要等很多年……想到这里，她的眼泪又流了下来。

为了让莫莉不再想这些，法默说起附近的乡村和最可能出现黑叶子的地方。他已经搜寻了自己的那块地，而且一听说南瓜回来了，他就立刻帮忙在附近地区的山上准备了一些燃料。他问莫莉她知不知道烽火台都在哪些山上。

莫莉擦干眼睛，拿出地图，告诉法默有烽火台的山丘是怎么标记的，接着，莫莉、法默·罗斯和罗斯夫人注视着地图，筹划最佳路线，讨论最有可能出现黑叶子的地方。法默指给莫莉看，哪些地方没有长黑叶子，因为他已经搜寻过了，在莫莉的要求下，他用石墨笔把这些地方标注了出来。莫莉决定先搜寻那些黑叶子最有可能出现的地方，最后再搜寻这些标记过的地方。她认为不能完全不管那些地方，虽然她完全相信法默，但是她许诺过要亲自搜寻每一个地方。

当她提到帕平盖先生时，法默和他的妻子微笑了，虽然他们认为帕平盖先生肯定像他说的那样搜寻了橙色树林，但他不一定搜寻得很彻底。他们赞同莫莉说的如果可能的话，再搜寻一遍树林。南瓜最近在这一带暗中行动的事实让他们认为叶子可能就长在附近。当然，也不一定。也许南瓜的目的是阻止杰克和莫莉进一步展开搜寻。

"小姑娘，如果你要回到橙色树林，得非常小心啊，"法默说，"被抓住可就糟透了。"

"我会非常小心的，但我不怕，否则我就不能救杰克了。"莫莉说，"现在我一定不能害怕任何事物。"

"要的就是你这种精神，"法默拍了一下膝盖说，"如果有什么需要我们帮忙的，你说一声就行，能帮到你，我们很骄傲。"

大约二十分钟后，罗斯夫人给莫莉盖好了被子，莫莉用胳膊搂住了她的脖子。"我不知道你为什么对我这么好，"莫莉说道，"真是太谢谢你了。恐怕我已经给你带来很多麻烦了。"

"一点儿都不麻烦，"罗斯夫人说，"亲爱的，快睡吧……可能明天——谁知道明天会发生什么呢。"

莫莉已经筋疲力尽了，她立刻就沉沉地睡着了。虽然狂暴的风把窗户吹得嘎吱作响，还呼啸着灌入烟囱。早晨，她醒来时心里闷闷的，感觉糟糕极了，但她不想因为昨天的事闷闷不乐，决定马上开始工作。

吃过早饭，她把杰克背包里的东西收拾好，放到自己的背包里。罗斯夫人坚持要给莫莉一大包食物作为午餐，并告诉莫莉如果她白天在附近搜寻，天黑后就回到农场来过夜。

莫莉感激地谢过罗斯夫人，独自出发了。雨已经停了，风也刮得没那么狂暴了。阴天，天上满是飘移的云。

莫莉开始了漫长而疲惫的一天。她独自一人搜寻，搜寻的时间更长，任务也更艰巨，但她充满干劲儿，并没觉得艰难。莫莉向前走着，热切并彻底地搜寻她的地图范围内的山谷，山谷中间就是昨天出事的那条河流。莫莉从另一座桥上过河，这座桥离昨晚出事的地点大概有一英里远。她开始搜寻对面的河岸，一点儿一点儿地搜寻南瓜出现过的地方。

她能看见对面半山腰上的农舍。她身后是昨天和杰克攀爬过的栅栏。那真的是昨天发生的事吗？对莫莉来说，那更像是一个星期以前发生的。她再次爬过栅栏，穿越田野，边搜寻边走向橙色树林。

她万分小心地走进树林，耳朵和眼睛时刻警惕，手和脚时刻准备一有动静就爬上树。但是一直没什么动静。莫莉又来到了帕平盖先生的房子附近。她加倍小心，心里希望老人不要注意到她，为了不经过老人房子前门的那块地方，她在房子附近的树林里绕着大圈搜寻。有一次，她听到他在对珀西大喊，问珀西在冲什么叫，但是她没看见他。

最后，莫莉搜寻了整片橙色树林，但没有找到黑叶子，也没有看到任何和南瓜、密探有关的迹象。

于是她离开树林，再次过河，向农舍走去。她在那里能喝点儿茶，还能把她白天的搜寻情况告诉他们。但是她不会在那儿待到晚上，因为天色尚亮，还有一段时间可以搜寻，她希望在夜幕降临前往荒凉湖赶一段路。

"途中你会经过几幢房屋和农舍，"罗斯夫人说，然后把几个她能够信任的朋友的名字告诉了莫莉，"如果你想回来，随时欢迎。"

罗斯夫人站在大门口朝莫莉挥着手帕，直到莫莉在道路拐弯处消失。她用手绢擦着眼睛说："愿上帝保佑这个孩子，她应该成功。"她一边急急忙忙地走进屋一边说道。

莫莉发现，站在附近一座山的山顶上，能看到周围乡村的迷人风景。这时云已经飘走了，这预示着将会有一个美丽的黄昏和洒满月光的夜晚。山下的河流闪闪发亮，黄昏的太阳照亮了橙色树林。朝远处看，她还能看到城里的白塔。往下看时，她忽然想起来当她经过帕平盖先生的房子时，忘了看沃夫先生的脸了。真是太遗憾了！她再碰到杰克的时候，杰克肯定特别想知道沃夫先生的脸是什么样儿的。不过她在林子里的时候有太多事情要想，所以很快就把沃夫先生给忘了。

下山后，莫莉向荒凉湖走去。放眼望去，满目美景——一片绿意盈盈，农舍星星点点地散布在道路两旁。莫莉经过一个很小的村庄，就停下来询问并搜寻。虽然每个人看起来都很和善，也很热情地想提供帮助，但莫莉没有打听到也没有看到和黑叶子有关的一星半点儿的信息。

离开小村庄半英里左右，莫莉看到了几幢房子和一个小商店。

商店门口站着一位老人，戴着黑色的瓜皮帽，穿着一件破旧的长大衣。他看到莫莉走过来，就走出店门去迎接，热情地和莫莉握手，说他已经听说了莫莉帮助搜寻黑叶子的善举，并向莫莉表达了谢意。

"最近几天我都往路这边望，心想等你路过的时候能看你一眼就好了，"他说道，"我听说你往这边来了。"

这突如其来的友情让莫莉很高兴，特别是她这会儿正觉得非常孤单。她停下来和老人聊了一会儿，然后老人骄傲地带莫莉参观了他的商店。他是个钟表匠，店里摆满了各式各样的钟表。除了钟表，他还收藏了少量的首饰。

"我猜你肯定觉得很奇怪，这儿竟然会有个钟表匠，"他说，他注意到莫莉参观商店时脸上露出的惊讶表情，"很多人一开始都觉得很奇怪。我为所有邻近的镇、村子，甚至为城里提供钟表。我一周去城里送两次货。我住在这儿仅仅是因为我的父亲、我的祖父、我的曾祖父都一直住在这儿，还因为我的身体状况不允许我住在拥挤的镇上……现在，小姐，请你收下这个对你的搜寻工作表示感激的小礼物好吗？"

他打开一个小盒子，从里面拿出一只小巧精致的银镯子，他拿起镯子时，镯子还会叮当作响——这正是莫莉过生日时盼望得到的那种镯子。

莫莉面露喜色，但是她犹豫了。她应该接受陌生人的礼物吗？尤其是她已经下定决心不再相信任何人，除非她百分之百确信他们没有问题。老钟表匠看起来不像坏人，莫莉犹豫的时候，他已经有点儿沮丧了。莫莉觉得拒绝那只镯子有点儿过意不去，而且，她也确实非常喜欢那只镯子。老人并没有给她吃的喝的，所以没有可能下毒；老人也没有费尽心机诱骗她进店，她只是走进去，站在垫子上面，商店的门也大开着。莫莉努力说服自己，让自己相信接受那个镯子不会有什么不好。那只镯子那么漂亮，她很想要，而且，如果她事后觉得镯子可疑，可以在老钟表匠看不见的时候把它扔掉，这样他也不会伤心。

"我希望你能收下这只镯子，"老钟表匠说，"我一直都为你留着呢。"

于是莫莉收下了这只镯子，把它套在右手上。镯子在她的手臂上闪闪发光，叮当作响，当她把手臂放下去时，那镯子几乎快要滑掉——就像她曾经渴盼过的那样。老钟表匠看到这一切，说自己"感到万分荣幸"。莫莉谢过老钟表匠，道别时再次和他握了握手。

莫莉离开时，老人站在门口，对着莫莉鞠躬。莫莉刚在他的视野中消失，他就立刻回屋关上门，坐在柜台后面的凳子上，无声地笑了起来，笑得浑身发抖。他不停地笑着，为自己这么做感到庆幸，他前后摇晃着，几乎快把自己对折起来了，但这一切都是无声的——商店里唯一的声音就是老人身边的钟表发出的快速的"嘀、嘀、嘀"和稳定的"嘀嗒嘀嗒"声。

 一个警告

　　莫莉走了一小段路后，阳光开始消失，月亮爬上了天空，她觉得是时候看看罗斯夫人给的朋友名单了，她已经在一张纸上潦草地记下了名字和地址。莫莉把纸片从口袋里拿出来时，银镯子会叮当作响，这让她心头荡起了一丝喜悦的震颤。可怜的莫莉，她没法儿因为这个银镯子欢天喜地，杰克的遭遇仍然像一块巨石一样压着她，尽管她很高兴拥有这么一只银镯子。

　　莫莉发现罗斯夫人的朋友詹尼特夫人就住在四分之一英里外，她决定搜寻这条路，直到她到达那幢房子，然后问问詹尼特夫人是否愿意让她在那儿过夜。

　　这条路越走越荒凉崎岖，路边到处都是大岩石和石头堆。她经过一棵看上去怪怪的树，树枝上的叶子少得可怜，经过一场暴风雨，树枝不是被扭曲就是被折弯了。

莫莉继续搜寻，但是，她本来打算速战速决，却发现自己的速度变慢了，而且越来越慢。她突然感到非常疲惫。她拖着沉重的双腿又走了很短的一段路。

"今天晚上我没法儿再搜寻了。"她自言自语，"我真是太累了。我得一直向那个房子走——希望不会太远。否则我就走不到那儿了。"

莫莉这会儿已经睁不开眼，若是平时，她也许会对这汹涌而来的睡意起疑，可现在她实在太累了。她唯一的感觉就是，自己的腿好像是铅做的；她唯一想做的事就是，立刻躺下来睡一觉。

"到不了那幢房子了，"她昏昏欲睡地低语，"现在就得睡觉了。"

她跌跌撞撞地过了马路，一头倒在路边的草丛中。噢，真美好，就这么躺下来，睡上一觉！当莫莉倒下去时，最后一丝意识闪过脑海，提醒她现在做的事情有多愚蠢……竟然在路边睡觉……如果南瓜来了，她就永远没法儿救杰克了。想到这儿，她挣扎着爬起来，跪在地上，头还是垂着。她保持了一会儿这个姿势，然后再次和汹涌的睡意搏斗，终于成功地向前爬了几步。

莫莉当时没有意识到，这其实是她这次历险中最关键的一个时刻。如果她那时向睡意屈服了，在路边舒舒服服地睡着了，这个故事就会有一个完全不同的结局。但莫莉没有屈服，她想要寻找黑叶子和拯救杰克的愿望是如此强烈，尽管困难重重，她还是做了最后的努力，找了一个安全的地方睡觉。虽然在那儿连詹尼特夫人的房子影儿都看不见，但幸运的是，附近刚好有一棵树。莫莉摸索着慢慢向前走去。不知道花了多长时间，她才走到树下，虽然那棵树离她只有几英尺远。经过一番挣扎，她好不容易站了起来，靠着树站了一会儿。（她后来想不起来自己当时有没有小睡一会儿，她猜自己应该是睡了一会儿，就像马那样站着睡觉，她跟自己说。）她差点儿失去意识，但她心中强烈的愿望激励她再努力一下。

这是最后一搏了，也是最困难的时刻。连莫莉自己都不知道她到底是怎么做到的，反正她成功地爬上了树，在较低的树枝间蜷成一团，迅速睡着了。

这晚，月光很好，莫莉整晚都睡得很沉，一动不动。即使有人从树下经过，莫莉也全然不知。当然也没有人会知道，在通往荒凉湖的路上，有一个小女孩睡在一棵长满树瘤的老树上。因为像莫莉这样疲惫的小女孩，一般不会再有力气和意志爬树了。

破晓时分，莫莉轻轻动了一下，伸出了右手臂，于是她的手臂越过一根树枝的边缘，向下垂了一点儿。那只镯子，那只会叮当作响的、银色的镯子，从她的手腕上滑了下来，她又动了一下，镯子从她手上滑掉，掉到了树下。

接下来，莫莉似乎动得频繁了，睡得也不那么沉了，直到将近中午时，莫莉才被树下持续不断的嚷嚷声给吵醒了，有什么又冷又硬的东西正试图够她的胳膊和腿。

莫莉揉着眼睛坐了起来，发现树下站着一个胖乎乎的、满脸惊讶的小个子女人，她身穿黑白相间的格子裙，头上戴一顶黑色帽子，正在喊她，一边还使劲儿用雨伞弯弯的手柄够她。

"噢，谢天谢地，你终于醒了，我还以为你永远都不会醒了呢。"这位胖乎乎的小个子女人一边说，一边用手帕擦脸，"我真的被你吓坏了，躺在那里一动不动的，我都喊了一个小时了，说不定还不止一个小时……要不是你的胳膊从树上垂下来，我还看不见你呢……"

"你是谁?"莫莉昏昏沉沉地说，"我很高兴你把我叫醒了。"

"我是玛丽亚·詹尼特，"她答道，"为了叫醒你，我费了好大劲儿，我的老天! 你真需要别人把你给叫醒。我花了好长时间。"

"噢，你是詹尼特夫人吗？"莫莉问，"罗斯夫人的朋友？"

"我就是。"詹尼特夫人清晰而坚定地回答。

"哇，我昨晚就是走在去你家的路上来着，后来——后来……噢！"莫莉尖叫了起来。

"噢！"詹尼特夫人也尖叫了起来，"后来怎么了？你可真吓死我了，吓死我了！"

莫莉没有回答。她正惊恐地盯着自己的右手腕，上面有一条长长的灰色印记！

这印记是怎么来的？这意味着什么？莫莉用她口袋里的手帕使劲儿擦那块印记，但怎么也擦不掉。她以前见过这样的灰色印记，但是是在哪儿呢？她忽然想起来了，是在老南希的手指上，那个傍晚她睡过了头，错过了日落时间。莫莉这时候明白发生什么事了。

"他肯定是他们中的一员。我真蠢，竟然会相信他。"她喊道。

"但是我的镯子去哪儿了？请等一分钟，"她继续说道，作为对詹尼特夫人的回答，"我会在一分钟内把一切都告诉您。"她从树上爬下来，在树底下的草丛里找了起来。"噢，它在这儿呢！"她喊了起来，一把捡起镯子，又立刻把它扔到地上，好像它是炽热的煤块似的，因为她看到镯子里面一圈还有残留的暗灰色粉末。"看来他就是这么做的！"莫莉对自己点点头，"这样就解释得通了。"

她现在明白了，老钟表匠是南瓜手下的另一个密探，他给她的镯子里撒了魔法粉末，这粉末擦到了她的手臂上，让她睡着了。这种魔法粉末能快速生效，使莫莉昏昏欲睡，只能被迫在路边休息，在南瓜能轻易逮到她的地方。幸运的是，莫莉还有足够的意志力挣扎着走到一个安全的地方。更幸运的是，镯子从她的手臂上滑了出去，这样她就逐渐恢复了意识。这次虎口脱险，让她不知道怎样做才是对的，怎样做才能突破身边的重重困难。但有一件事她现在很确定，就是她对一切的事情和人都非常不信任了——除了她能够信任的人介绍给她的那些人。到目前为止，她的朋友链是这样的：格兰——老南希——珍妮特阿姨——小妖精——玛丽戈尔德小姐——帕平盖先生——罗斯夫人，还有现在的詹尼特夫人。他们都是真诚善良的，她肯定自己可以信任詹尼特夫人。

詹尼特夫人看到莫莉手腕上的印记和那个镯子，非常好奇，急切地想知道是怎么回事。莫莉在回答了詹尼特夫人无数个问题中的几个之后，问詹尼特夫人能否把雨伞借她用一下。詹尼特夫人屏住呼吸看着莫莉用雨伞的尖头在地上挖了一个小洞，然后把镯子从地上勾起来扔进洞里，接着在上面堆上土和石块。

"如果我就这么把镯子扔在这儿，会给别人带来麻烦的。"莫莉说。

然后，她接受了詹尼特夫人友好、热情的邀请，跟她去了她家，好在重新搜寻前"补充点儿能量"。她们一路走着，莫莉告诉詹尼特夫人最近发生的一些事情和杰克的不幸遭遇。詹尼特夫人听了以后，大声斥责南瓜的所作所为，还流下了眼泪。然后她郑重地站在路中央，跟莫莉说如果她抓到了南瓜，她将会如何狠狠地惩罚南瓜。

詹尼特夫人的房子就在不远处，和其他几座房子一起立在路边。詹尼特夫人告诉莫莉，这是到达约两英里外的荒凉湖之前最后一处居住区。莫莉还知道了住在这些房子里的男人都在附近的矿井里干活儿，詹尼特夫人的丈夫也在那儿工作，要傍晚才能回家。

当詹尼特夫人忙忙碌碌，又是铺桌子，又是煎鸡蛋和培根时，莫莉拿出她的地图，看矿井在哪里。她的地图上压根儿没有标注矿井，当莫莉把地图拿给詹尼特夫人看的时候，詹尼特夫人向她解释，矿井就在莫莉的那个小方块的边界处。莫莉听到她这样说感觉宽慰多了，一开始她还吓了一跳，以为她要下到矿井里去找黑叶子呢。但是她回头一想，记起来了——黑叶子只能长在地面上。不过这个小插曲让莫莉意识到她已经临近她搜寻范围的另一条边界。这条边界与她即将要走的路几乎平行，顺着路的左边延展开去，那么左边的乡野她需要搜寻的就不多了。但是环绕着荒凉湖还有很大一块乡野需要搜寻。

"从这片房子再过去是不是看不到别的房子了？"她们坐下来吃饭时莫莉问詹尼特夫人。

"不是的，还有别的房子，"詹尼特夫人说，"还没有到荒凉湖的地方就有房子。会有一两个养羊的农场，山上还有农舍。他们肯定特别寂寞。现在很少有人去荒凉湖了——那条路很糟糕，而且路上太寂寞了。去那儿也没什么别的好看的，满眼都是湖和山……再吃点儿面包，亲爱的。那个湖上到处都是野鸟，尖叫个不停，可真让我浑身起鸡皮疙瘩。不过——我刚才忘了你是要去那儿了。天啊！像你这样的一个小女孩要上那儿去！好吧，好吧！也许你不害怕独自去那儿，是吗？"

莫莉说她不认为自己会害怕。

"跟别人在一块儿的时候，我挺喜欢有个伴儿的感觉，"詹尼特夫人发表了自己对独处的看法，"你懂我说的意思吧，一个人待着的时候我有点儿不知所措。"

詹尼特夫人房间里所有的东西看起来都很像她本人——朴素、胖乎乎、声音很响，但无一例外都质地很好。看起来圆滚滚的马毛沙发，沙发上大花纹的圆靠垫，都神奇地让莫莉想到它们的主人。还有那个扶手细细的圈椅，莫莉也觉得像它的主人。就连地毯都长得和詹尼特夫人很像，换句话说，如果詹尼特夫人是地毯的话，就会是眼前这样的地毯。莫莉有点儿好奇詹尼特先生长什么样儿。

"我有一张他的照片，就在壁炉架上，我拿来给你看。"莫莉发问后，詹尼特夫人答道。

虽然詹尼特夫人把照片拿下来了，但是莫莉觉得自己已经知道他长什么样子了。她猜得一点儿都没错。他和詹尼特夫人长得像极了，根本就是男版的詹尼特夫人。

"他是个可爱的老男孩，"詹尼特夫人看着照片充满爱意地说，"我希望你能等到他回来见见他。如果你找到了黑叶子，我猜他就会有假期了，每个人都会有假期了。我的老天！到时候肯定会有庆祝活动！我们都会去城里见你！亲爱的，再来点儿牛奶怎么样？"

詹尼特夫人愉快地聊着天，问了很多问题，也回答了很多问题。莫莉问詹尼特夫人荒凉湖那边的小农舍和农场里有没有可以信任的人。

"有啊，有啊。我认识一位住在那边的很好的女士——她住在巨人头边上的一个小农舍里——巨人头是那座山的名字，因为山顶的形状很像一个巨人的头。那位女士有一个可爱、漂亮的农舍，她住那儿是为了调养身体。有时她会离开那儿，去城里她妹妹那儿去住一阵子，每年的这个时候，我估计她应该是在家的。她的名字叫莉迪亚·诺斯，我们通常都管她叫莉迪亚小姐。噢，我的相册里还有一张她的照片呢。我拿给你看。她知道我在收集照片后，就很好心地给了我一张，真是个好人！"詹尼特夫人说。

照片上是一位看起来很优雅，长相甜美的女士。莫莉专注地看着照片，这样她碰到莉迪亚小姐本人的时候就能一眼把她认出来。

"真是太感谢您了，"莫莉说，"这会对我很有帮助。至少我认识了一个我能信任的人。"

但是莫莉可没法儿就这样轻易脱身。一旦詹尼特夫人把她心爱的相册打开，她就坚持要给莫莉看她所有的亲戚和朋友的照片，其中也包括罗斯夫人和法默·罗斯的。

"我希望你也有一张照片，"詹尼特夫人说，"我想把你的照片也放进相册里。"

莫莉没有办法让詹尼特夫人如愿，所以她感到有点儿抱歉，但莫莉怀着极大的热情欣赏詹尼特夫人的相册，这让詹尼特夫人非常开心。

最后，莫莉终于成功脱身，她热情地谢过詹尼特夫人的友善招待，向詹尼特夫人道别，然后再次出发了。

这时已经是下午早些时候了。莫莉慢慢地前进，认真地沿路两边搜寻着。她往前走去，前面的土地变得越来越荒凉，越来越孤寂。小山从路两边拔地而起，这是一些光秃秃的、荒芜的山，几乎寸草不生，山脚下布满了大块的岩石和小碎石。矿工们的房子已经远远地落在了莫莉的身后，当她回过头，除了身边荒凉的景色，什么都看不到——没有烟囱里冒出的烟，没有人类出没的迹象。她忽然觉得此时的自己是如此渺小、迷茫和孤独。但她并不害怕。她认真思考后终于明白，南瓜的密探们没法儿通过普通的手段来触碰她或者强迫她做什么事，他们一定会趁她不防备或利用她的弱点来控制她。她以后一定要非常小心，除了那些真正的朋友，不能轻易相信任何人。她要时刻保持警惕。

她沿路在黑叶子可能出现的地方认真搜寻了差不多一个小时，她的眼睛和耳朵时刻警惕着。这时，她听到远处传来疾驰的马蹄声。她回过头，看到一片飞扬的尘土，不久，就出现了一匹黑色的高头大马，马上坐着的人戴着宽边软帽，披风飞扬着。莫莉向四周看了看，想找个地方躲起来，或者藏起来。但在这个光秃秃的地方，压根儿找不到一个可以躲藏的地方，附近连一棵树也没有。于是她镇静地向前走去。只要不是南瓜，马背上的那个人就没法儿强迫她、触碰她——哪怕他是敌人。可怜的莫莉这会儿几乎把每一个陌生人都想象成了敌人。也许那匹马和那位骑手与她一点儿关系也没有。但无论如何，他们此时正全速奔驰而来，在她身后，雷鸣般的马蹄声越来越近。

莫莉让到路的一边让他们过去，但是他们没有过去。那匹马放慢了脚步，走到莫莉跟前。骑士迅速下马，向莫莉深深地鞠了一躬，并递给她一个封好的信封。然后，他一言不发，猛地跨上马鞍，掉转马头，沿着来时的路飞奔而去，留下莫莉独自凝视着手中的信封。

这一切几乎发生在一分钟内。一分钟内，那人和马来了又走了。莫莉把信封翻过来翻过去。信封上没有写地址，没有写明这封信是谁写的，来自何方。信封的一角印着"紧急"两个字。"我应该怎么做呢？"莫莉想，"我应该把信封打开吗？这封信是给我的吗？这信是某一个朋友写的吗？或者是南瓜的另一个花招？"她犹豫了，一动不动地站在空旷的大路上。也许这里面是一个消息——关于杰克的消息——某些真实的消息。如果不打开信封呢？她应该拿这封信怎么办呢？

她的决定事关重大。她不知道如果她不打开这个信封，应该拿它怎么办。

她非常小心地把信封打开了，里面有一封信：

亲爱的孩子，

我已经知道了你们遭遇的所有事情。写这封信是为了告诉你，我听说南瓜已经派出了很多密探去阻止你。其中一个是一个小个子男人，他假装成一个钟表匠。别相信他。

另外一个（这个是最危险的）是一个"盲"女人，她被派到荒凉湖去找你。如果你重视这次搜寻，重视你弟弟的生命，千万不要相信这个"盲"女人。一点儿都不要和她扯上关系，不要相信她说的每一个字，直接走过荒凉湖到棕色山峰去。否则，我们就没有希望了。

非常想念你的

老南希

莫莉认认真真地把信读了好几遍，然后把信折起来，放进了背包里。

18 莫莉到了荒凉湖

接下来的两个小时里，莫莉搜寻了剩下的路段，还有大路和山丘之间的荒僻乡野。她一边搜寻一边想着那封信。那封信让她很担心。她这会儿还不能断定那封信是真的还是假的。一开始，她真的以为这封信来自老南希，过了一会儿，她的想法又变了，因为她已经下定决心不再相信任何人，她开始怀疑马背上的那个男人是南瓜的另一个密探，怀疑那封信是伪造的。

"信里讲的事情，有一件是真的，"莫莉试着说服自己，"就是关于钟表匠的事……现在，那些密探肯定知道我已经发现了钟表匠有蹊跷，他们肯定也不介意告诉我那些我已经知道的事，这样能让信看起来更真实一些。但是他们为什么要警告我当心那个'盲'女人呢？除非……噢，我不知道。我想知道这封信是不是真的来自老南希。我希望我有办法找出真

190

相。"莫莉又搜寻了十分钟后，说道："我希望这封信真的来自老南希……我真是越来越多疑了。无论如何，我要等到达荒凉湖之后再做决定。"

莫莉爬上了一座小山的山顶，从那儿第一次看见了荒凉湖。在山顶上看，荒凉湖并不远，但她只看到了一小片水面，因为湖周围环绕着很多小山。

她下了山，继续搜寻，她不能因为着急赶去某个目的地而疏忽任何可能会有黑叶子的地方，虽然那个目的地听起来更有可能是黑叶子生长的地方。

荒凉湖看起来没多远，但莫莉要到达那里还得花不少时间。她翻过一座山坡，看到荒凉湖就在下面。

那真是一片无比开阔的水面，宁静、深邃、神秘，周围的小山像哨兵一样环绕着它。水面上，不知名的怪鸟盘旋着，拍打着翅膀，发出怪声怪调的尖叫，就像詹尼特夫人说过的那样。它们会不时降落到水面上，或者猛地降落到对岸的树或岩石上。莫莉焦虑地环视了一圈湖岸，除了鸟，看不到任何移动的东西。

莫莉慢慢从山坡上走下来，站了一会儿，凝视着深邃、宁静的水面。"'荒凉湖'这个名字起得可真好。"莫莉想，因为她从来没有见过这么荒芜、孤寂的地方。正当她眺望那边的小山时，一个微小的声音让她转过头来。她的心跳加速了，一个身穿灰色斗篷的女人正沿着湖岸缓缓走来。那女人拿着一根手杖，就像别的盲人一样，边走边用手杖轻轻敲击前方的地面。

莫莉站在那儿一动也不动，这样盲女人就没法儿听到她的动静，也没法儿知道附近有人了。盲女人步履蹒跚地向前走来，"嗒、嗒、嗒"，她的手杖敲击着地面。莫莉看着她。盲女人从莫莉身边经过，向前走了一小段路后停了下来，听了听，然后又继续向前走去。

就在这时，莫莉的一只脚滑了一下，她脚下的石子儿动了，有几颗向前滚去，扑通一声掉进了水里。盲女人立刻停了下来，莫莉为自己的不小心咬住了嘴唇。

"那儿有人吗？"盲女人问道，她转过身来，面朝声音传来的方向。

莫莉没有回答，而是直直地看着盲女人。莫莉看了一会儿，一个疑惑的表情浮上她的脸。她好像在哪儿见过这位盲女人。她肯定自己见过，绝对没错。这时，莫莉忽然想起来了，盲女人的脸和她在詹尼特夫人的相册里看到的一张脸一模一样。是莉迪亚小姐的脸！

这个发现让莫莉非常震惊，把她所有的计划都打乱了。

她现在应该怎么做呢？

盲女人没有得到回应，叹了一口气，继续向前走去。莫莉不知道应该怎么做，也不知道可以相信谁。根据她以往的经验，相信某一个朋友的朋友从来没有出过错，这位盲女人看起来真的很像詹尼特夫人提过的莉迪亚小姐。但是，那封信是老南希写的吗？如果真是老南希写的，那么她当然会相信老南希，优先听从她的指示。

"我没法儿知道这封信是谁写的，至少现在还不知道，"莫莉想，"但是我可以弄清楚她到底是不是莉迪亚小姐。"

莫莉打定主意，向前走了几步，用清晰的声音说道："这儿有人。我能为您做些什么吗？"

盲女人急切地转了过来，摸索着往声音传来的方向走。

"我真高兴又听见人说话了。但是你是谁呢？你是朋友吗？"那女人焦急地问，"我这会儿无依无靠的，而且……"

"我很愿意做您的朋友，如果……但是，您是谁？"莫莉问，"您叫什么名字？"

"我的名字叫莉迪亚·诺斯，我住在一个小农舍里，就在那上头，就是那儿。"盲女人回答，茫然地晃了晃胳膊，"噢，在巨人头那边……噢，请告诉我你是谁！"

"我是一个小女孩，"莫莉说，"如果您真的是莉迪亚小姐，那我就是您的朋友。告诉我，我能为您做些什么？"

"你能把我带回家吗？我找不到回家的路了，这儿群山环绕，把我困住了。我找不到出去的路，我很害怕会走到水里。我刚才差点儿掉进水里。"

"您是怎么到这儿的，莉迪亚小姐？"莫莉问，"我本来打算到您家里去，詹尼特夫人跟我提起过您，她让我拜访您……但是我不知道您是——盲人。"

"我在前天之前还没有盲。我记得就是前天的事情，但却像是很久以前的事情了。我还没有适应看不见的生活，觉得自己无依无靠的。我真高兴你是好心的詹尼特夫人的朋友，这样我就可以信任你了。"莉迪亚小姐说。

这对莫莉来说还真新鲜，竟然还有人在怀疑她是不是值得信任，可真是反过来了。但她听了莉迪亚小姐的故事后，就完全明白了。莉迪亚小姐离开家有两个星期了，这期间她一直和妹妹住在城里，前天刚刚回来。

"当我走到农舍门口时，"她继续说下去，"我听到有东西到了我身后，我听到一种轻轻的、滚动的声音。接着有什么东西碰到了我，然后我就什么都看不见了。我好不容易摸索着进了屋——我是一个人住的。我一直想着我的视力能恢复，但是没有。今天早晨——我根据公鸡打鸣的声音和敲钟的声音知道这是早晨——我出发了，想走到山脚下的那条高路上去，这样我就有可能找到人来帮助我。可我迷路了，然后我听到有人从我身边走过，他们说愿意带我到高路那边去，但是他们却把我领到这儿来了，然后他们哈哈大笑着扬长而去……"

"我猜您应该知道是谁触碰了您让您变盲的吧?"莫莉说道。

"我那时候什么都没有看见，"莉迪亚小姐说，"但是我猜得到。"

可怜的莉迪亚小姐，又一个南瓜的牺牲品!莫莉很同情她，孤孤单单在这个荒凉的地方。莫莉这会儿已经非常确定她收到的那封信不是老南希写的。但是为什么那些密探想阻止她帮助莉迪亚小姐呢?她得弄清楚这是怎么回事。如果她没有确定这位盲女人就是莉迪亚小姐，她就会听从信里的指示，直接到棕色山峰去了。

"我会带您回家，莉迪亚小姐，"她说，"如果您相信我的话。最近的路是哪一条?"

"我们现在在哪里?"莉迪亚小姐问。

"荒凉湖。"莫莉告诉她。

"这附近有好几个湖，"莉迪亚小姐说，"但是我猜到了我们这会儿在荒凉湖附近，因为这儿有鸟。"

她告诉莫莉得找到一座形状像人头的山，那座山在湖的西边。莫莉看见那座山了，比它前面的几座山都要高。于是她扶着莉迪亚小姐，离开了荒凉湖。

　　她们走出环抱荒凉湖的那圈小山，登上了一条通向巨人头的山路。湖这边的乡野景色非常美丽，但是莫莉这会儿顾不上看美景。她还在琢磨那封信有什么深意，莉迪亚小姐的故事又意味着什么。南瓜把莉迪亚小姐弄瞎有什么特殊目的

吗？或者这只是他又一次突发奇想的邪恶小花招？为什么南瓜的密探要把莉迪亚小姐领到湖边，然后又阻止莫莉帮助她？很显然，如果那些密探想阻止莫莉帮助她，最简单的办法就是让莉迪亚小姐避开莫莉，比如把她带到另一个湖边去。反过来，如果他们想让她帮助莉迪亚小姐的话，为什么还要给她送那封信？因为莫莉很有可能会服从信里的指示。她确实很有可能听从了信里的指示——如果她没有在詹尼特夫人的相册里看到莉迪亚小姐的话。这一切都让莫莉非常困惑。

莫莉领着莉迪亚小姐，走得很慢，因为莉迪亚小姐在崎岖不平的路上只能慢慢走。过了一会儿——对莫莉来说似乎是过了很久很久之后，她们到达了巨人头，开始走盘山的小路。莫莉回头看去，想到她需要再次检查、搜寻这片土地——从这里一直到远处的棕色山峰，不禁叹了口气。但她得先把莉迪亚小姐安全地送回家，尽她所能地帮助她。她发现自己正在想其他的搜寻者进展怎样了，他们中间有没有人已经把自己的那块土地搜寻完了——或者他们中间有没有人正不知不觉地接近成功？

沿着盘山小路走了一段时间后，莉迪亚小姐的农舍映入眼帘。这是一座坐落在山坡上的爬满藤蔓的小房子，漂亮极了。小房子从茂密的花园后探出身来，俯瞰着山下的路。小房子后面，巨人头高耸入云。这是一个非常可爱但也非常孤独的地方。

莫莉领着莉迪亚小姐向大门走去。"就是这儿，没错吧？"莫莉问道。

莉迪亚小姐摸了摸门。"是的，这就是我家，"她说道，"谢谢你，亲爱的。我真不知道该怎么感谢你。跟我一起进来好吗？在我进屋之前请不要离开我。"

"您进屋之前我不会离开的。"莫莉说。她真心为莉迪亚小姐无依无靠的处境感到难过。

她帮莉迪亚小姐打开前门，两人一起走进了小房子。

门一关上，一个蜷曲的身影出现了，这个身影从灌木丛后站了起来，如果莫莉朝花园看去，看到这个身影，她会有什么感受？那是一个老妇人，两只小眼睛滴溜溜乱转，头上包着一条红色的围巾。老妇人蹑手蹑脚地走着，从花园尽头的破篱笆间挤了过去，突然闪到附近的树丛后面，然后疯狂地朝山脚下的什么人发信号。

19 莫莉从莉迪亚小姐的窗户望出去

　　莫莉把莉迪亚小姐领进小屋的客厅——一个小巧精致、风格清新的小房间。她还把一把椅子搬到莉迪亚小姐面前，让她舒舒服服地坐下。

　　"需要我给您弄点儿什么东西来吗？需要我给您泡杯茶吗？"莫莉开心地问。

　　莉迪亚小姐没有回答，莫莉看到她正在轻声哭泣。

　　"噢，亲爱的莉迪亚小姐，我真的很难过。"莫莉忧伤地说，"噢，我能做些什么呢？您需要我为您做些什么呢？"

　　"我也不知道，"莉迪亚小姐说，"我一个人待在这儿觉得特别无助。如果能给我妹妹捎个信儿，让她知道我现在的情形，她肯定会立刻赶过来。我应该怎么做呀？……你对我真好，老是因为我的事麻烦你真是不好意思。"

　　莫莉在莉迪亚小姐对面的椅子上坐了下来，试着想清楚接下来应该做什么。莫莉这会儿自己也很困惑，心烦意乱。如果把莉迪亚小姐孤零零地留在这个荒凉地方显然有些太冷酷了，但是如果带上她一起出发，又会耽误搜寻，时间已经很紧张了。

"这附近您有没有认识的朋友？"莫莉问，"我可以把您的朋友带到这儿来。"

莉迪亚小姐摇了摇头。"这附近我没有认识的人。我跑到这个远离朋友的地方，在这座孤零零的小房子里住，是为了工作。我是个艺术家——曾经是，"她纠正自己的措辞，"但我现在没法儿画画了。我再也看不见太阳从山坡落下去，也看不见星星在水中的倒影了。我该怎么办？我该怎么办？"她伤心地抽泣起来。

"噢，别这样，别这样，莉迪亚小姐！"莫莉恳求道，"听着，我知道我应该怎么做了。告诉我离你最近的朋友的地址，我会去找他们，亲自把他们带过来，然后再离开。您不介意我离开一小会儿吧？"

"我不介意，"莉迪亚小姐说，"我觉得我再也不敢出门了。我会在这儿等着。你对我真是太好了。我希望没有给你带来太多麻烦。"

这时，莫莉已经打定主意认为莉迪亚小姐是真诚的，她对这一点毫不怀疑，直到她恰巧往窗外瞟了一眼，看到有人正躲到花园的灌木丛后面去——一个头上包着红围巾的人。

莫莉的膝盖开始发抖了。这意味着什么？那个眼睛长得很吓人的老妇人在莉迪亚小姐的花园里干什么？这是个陷阱吗？她看向莉迪亚小姐，她正耐心地坐在那儿，是莫莉把她领回家的。莫莉轻轻地走向窗边，躲在窗帘后面，悄悄向外望去。几秒钟后，她看到那个老妇人的手从灌木丛的一边伸出来，朝着栅栏边的树篱发信号。树篱动了一下。"看来那儿还有人躲着。"莫莉想。她转向莉迪亚小姐。莉迪亚小姐那张温柔的脸更让莫莉觉得她不是敌人。如果这是陷阱的话，莉迪亚小姐也肯定与此无关。莫莉坚信不疑。无论如何，她还是决定告诉莉迪亚小姐她看到了什么。

莉迪亚小姐一开始非常愤怒，然后哭了起来，她看起来那么难过，让莫莉也想跟着哭了。

"我们一定要勇敢，莉迪亚小姐。相信我，照我说的去做，好吗？"莫莉鼓励莉迪亚小姐，"我们相互帮助，我会用我的眼睛帮助您，您必须用您的耳朵帮助我——侧耳倾听，然后告诉我您听到了什么。告诉我到哪儿找到东西等等，就能帮到我了。"

莉迪亚小姐渐渐平静下来，然后答应尽她所能地帮助莫莉。

莫莉做的第一件事就是确保所有窗户都是锁好的，前门和后门都是关好的。她检查门窗时，发现后花园还潜藏着两个密探。一个看起来像是老钟表匠，只不过穿的衣服和那天不一样。另一个人她从来没见过。他们都笨拙地藏在高高的树丛和蕨类植物后面。

"为什么所有密探都聚集在这儿？"莫莉问自己，"难道他们知道我已经看见他们了吗？他们并不想让我离开这个房子。他们似乎是在监视房子周围的动静。"

"你看到什么了？你看到什么了？"莉迪亚小姐用恳求的语气问。

莫莉把自己看到的情况告诉了她。"只要我们一直待在屋里，我不认为他们能伤害到我们。他们只是守在房子外面确保我不离开，直到——"莫莉停了下来，她本来想说"直到南瓜到达这儿"，但她觉得没必要再惊吓莉迪亚小姐了。

莫莉这会儿浑身亢奋，她悄悄地从一个窗户前走到另一个窗户前，还不时安慰莉迪亚小姐，不断告诉她自己看到了什么，这样就没有时间害怕了。

莉迪亚小姐把注意力分布开来，紧张地倾听着，既注意听前门的动静，也注意听后门的动静。她想起了一些事情，就立刻轻声告诉莫莉。"这个房子的最顶层有个小房间，就在屋顶，我用来做画室的，"她说道，"那里视野开阔，如果你到上面去，就能看到整个花园，还能看到花园外面的情况，直到栅栏外面。"

"我马上就去，看看我能看到些什么，"莫莉说，"但是我没有看到通往屋顶的楼梯。"

"楼梯在楼上楼梯口的壁橱里面。"莉迪亚小姐回答，"我在前门这儿等你。"

莫莉冲上楼去，找到了楼梯口的壁橱，她打开壁橱门，看到了藏在里面的楼梯。她向屋顶的画室跑去。

画室里有四扇窗户——房间的每一面墙上都有一扇。她挨个儿跑到每一扇窗户前向外望，同时和窗户保持一段距离，这样花园里的人就看不到她了。窗外的景色非常迷人。她能很清楚地看见老妇人仍然蹲伏在房子前面花园的灌木丛里。她还看到了树篱后面的人，就是他们在第三绿色小径碰到过的绿衣女孩，就是她把莫莉和杰克引诱到老妇人那儿的。

莫莉从对着后花园的窗户望出去，看到另外两个密探藏在那儿，还有一个密探藏在离他们稍远一些的地方。莫莉环视整个花园，倒抽了一口气，她看到了一个东西。

有那么一会儿，她的心脏几乎停止了跳动，然后又怦怦乱跳。

那是一片很大的黑叶子，长在花园里，就在两个密探藏身的地方。从低一些的窗户看下去，他们把黑叶子遮住了，所以她在楼下看不到。

莫莉简直没法儿相信自己的眼睛，她又看了一眼，确定自己真的看到了黑叶子。是的，千真万确，那就是黑叶子！

现在，她明白为什么密探们会出现在这儿了，为什么他们会这么紧张地不让她接近花园，因为花园里有他们不敢触碰的黑叶子。她也明白南瓜把莉迪亚小姐弄盲的原因了。

"南瓜不在这附近守卫黑叶子，真是奇怪！"莫莉正想着，就看见了南瓜——他正沿着花园小径向后门缓缓滚来。

"南瓜和那么多密探都在周围，我怎样才能拿到黑叶子呢？"莫莉想。

这时，她听到楼下莉迪亚小姐的声音："快回来，莫莉，轻点儿！我又听到那种滚动的声音了，就在屋外的花园里。"

莫莉跑下了楼。

"噢，莉迪亚小姐，莉迪亚小姐！"她激动地低声说道，"您知道他们为什么都在这房子周围吗？那些密探，还有南瓜本人，噢是的，他就是南瓜——嘘——莉迪亚小姐！您知道原因吗？黑叶子长在您的花园里！我可以从您画室的窗户看到它。"

莫莉半哭半笑地把事情快速解释了一遍，莉迪亚小姐两手紧紧握在一起，专注地听着。

"嘘！"她忽然打断了莫莉，"听——我能听到前门外滚动的声音，后门也有。"

"不是同时的吧？"莫莉问。

"几乎是同时的，我能听到。你听。"

"那么——噢，如果有两个南瓜的话，另外一个南瓜肯定是杰克，"莫莉用颤抖的声音喊道，然后又平静地说下去，"我不指望他能帮到我们，他完全被南瓜控制住了，他现在只会服从南瓜的命令。"

莫莉的大脑疯狂地运转起来。她应该怎么做？她应该怎样在南瓜触碰到她之前拿到黑叶子？

每一分，每一秒，她都想象着三下敲门声响起，然后门被打开，南瓜滚入屋内。她让莉迪亚小姐坐在楼梯的顶端，自己站在楼梯半中腰，时刻准备逃跑。她应该怎么做？到目前为止，南瓜还没有做出任何进屋的尝试，只在屋外等待。令人头疼的是，莫莉不知道南瓜等在哪个门外——她不知道哪个南瓜是真正的灰南瓜,哪个是杰克。

她怎样才能在南瓜或者密探阻止她之前摘到黑叶子?她一定要拿到黑叶子,但她也知道,如果她就这么走出门外,她根本没有任何胜算。可如果她不走出门外,她和莉迪亚小姐就会被关在屋子里,说不定会关上很久,直到十三天结束,黑叶子消失。那时南瓜就会敲门进来,她们也没有任何力量来保护自己。如果发生点儿什么事吸引外面那些监视者的注意,哪怕只有半分钟,就足够她拿到黑叶子了。唉,那叶子近得让人抓狂,可同时又那么遥远。

过了一会儿,莫莉问道:"您家花园里有没有哪棵树离楼上的窗户近一点儿,莉迪亚小姐?我跑过房间的时候没注意看。"

"房子侧边有一棵树,"莉迪亚小姐说,"从我卧室的窗户能够到那棵树,树枝一直挨到窗玻璃上。怎么啦?你打听这棵树是想干吗呢?"

"稍等,"莫莉说,"我先上去看看。"

她跑上楼,又到画室的窗户前看了一眼,黑叶子还在那儿,那两个密探也还蹲在高大的植物丛中。这时,莫莉已经有了计划,她很高兴傍晚已经临近。"必须趁天黑做这件事,"她告诉自己,"在月亮升起之前。"

莫莉又回到莉迪亚小姐身边，在那段楼梯的最上面一级坐下。

"那棵树待会儿能派上大用场。"莫莉轻声说，然后她把自己的计划告诉了莉迪亚小姐，"我希望您能帮助我，如果您愿意的话，莉迪亚小姐。"

她停了一下，说："我想请您做一件非常勇敢的事。在半个小时之内，我想让您把后门的门闩拉开，走到花园里去。"

莉迪亚小姐惊呆了。

"我知道让您做的这件事听起来非常可怕，"莫莉连忙说，"但我相信这是我们突破困境的唯一办法。为了所有被南瓜伤害的人，为了我，为了您自己，您愿意冒这个险吗？而且，这也是让您恢复视力的唯一机会。"

两个人又低声谈了一会儿。

"你觉得等待没有用处吗？——万一等来什么帮助呢？"莉迪亚小姐满心期盼地说。

"恐怕不会。"莫莉温和地说，"我们不太可能等来帮助，我认为我们只能靠自己。"

"我不会让你失望的。"莉迪亚小姐说。

她们坐在那儿，时不时地聊上几句，直到夜幕降临。然后莫莉走进了莉迪亚小姐的卧室，小心地打开窗户，向外望去。似乎没有人监视房子的这一侧。即便有人监视，天色太黑，也已经看不清楚了。他们也看不见她，莫莉想。她已经把小背包牢牢地背在肩膀上，背包里容易拿到的地方，放着老南希的那盒火柴。

幸运的是，外面有微风，所以树枝晃动发出的"沙沙"声只要不是特别响，就不会引起注意。莫莉从窗户爬出去，爬到树上，尽量不发出声音。莫莉现在爬起树来已经相当有经验了，尽管如此，她爬到接近地面的那些树枝上时，还是在不停地颤抖。当你不知道树底下有什么的时候，往下爬可不是什么愉快的体验。她等了一会儿，侧耳倾听，从树叶间往外窥视。树下的花园里什么动静都没有。

等她能看清楚地面，她就要从树上跳下去，沿着小径跑过房子的拐角，或者直接穿过花园，她记得黑叶子就在左手边，挨着一棵大树，她还能隐隐约约看见那棵大树的轮廓。

莫莉等待着，心里充满疑惑和焦虑。这是一个明智的计划吗？会不会太简单了？这么久了莉迪亚小姐还没有出来，如果在最后一刻，她失去了勇气——好吧，又怎么能责备她呢？这对莉迪亚小姐来说是一件非常简单也非常困难的事情。南瓜肯定会抓住她，可怜的莉迪亚小姐——但这只是南瓜暂时的胜利，莫莉很快就会使一切恢复正常，只要莫莉不被南瓜抓到。莫莉不敢想象自己被抓住会是怎样的情形。

她非常紧张，这种紧张感又使她格外兴奋，她等待着，每一秒都漫长得像一分钟。如果莉迪亚小姐按莫莉说的从屋里走出来，那她真的是非常勇敢。但是过了这么久，怎么还不出来？她不会出什么事了吧？南瓜会不会已经……听！那是什么声音？！

那是后门的门闩被拔下来的声音。

花园里立刻响起一阵骚动，一声轻柔的喃喃声传到了莫莉耳朵里。

后门被猛地推开了，发出很响的声音，小径上传来了脚步声。莫莉拿出了火柴。

花园里到处都是窃窃私语的身影。有人迅速朝后门走去，有人扭打在一起，有人在尖叫。有跑动的脚步声和沉闷的"砰砰"声传来，还有各种各样其他的声音，有人在呼叫，有人在喊该去哪个方向，声音越来越响，似乎在进行一场争论。

借着这些嘈杂声音的掩护，莫莉跳到了地上，沿着房子的拐角飞快地跑起来。她纵身一跃，跳过花园中的土坛，绕开她看到的两个密探藏身过的植物丛，向那棵大树走去。当她走到她认为黑叶子所在的地方时，有人抓住了她的手臂，把她猛地向后拉去。

"她在这儿！她在这儿！在后门的不是她！她在这儿！哈！哈！"黑暗中，那人尖叫道，正是那个长着可怕眼睛的老妇人。显然，当后门打开的时候，她跑过来保护黑叶子了。"快！快来！她在这儿！这下我可逮到你了，小妞！"

花园里立刻爆发出一阵骚动。四周传来很多人跑过来的脚步声和各种叫喊声、惊呼声。显然，藏在花园里的密探要比莫莉看到的多得多。

眨眼间，莫莉已经点燃了一根火柴，当亮光划破黑暗，莫莉用火柴的火焰快速擦过紧抓她手臂的那双手。随着一声痛苦的叫声，老妇人松开了手，莫莉身体一扭，逃脱了，她向前飞奔而去，一把抓住黑叶子的茎，把黑叶子摘了下来。

莫莉一只手拿着燃烧的火柴，高高举到头顶，一只手紧紧握住黑叶子，然后用清晰的声音说出了老南希教她的那句话："到我这里来，灰南瓜！我以黑叶子的名义命令你！"

慢慢地——极其缓慢地，黑暗中出现了两个灰南瓜。当他们向她滚来的时候，莫莉犹豫不决地看看这个又看看那个。当他们近得可以够到时，她弯下腰，快速地用黑叶子碰了碰两个南瓜，两个南瓜左右摇动了一下，在她脚边停了下来。

灰南瓜被打败了。

莫莉静静地站在那里。她几乎不敢相信这是真的。过了一会儿，她发现花园异常寂静——南瓜的密探们都悄悄溜走了。

莫莉低下头，看着眼前的南瓜，心里隐隐地有些失望。她之前一直以为只要她找到黑叶子，杰克就能马上变回来。她脚下的两个灰南瓜看起来一模一样，她根本没法儿看出来哪个才是真正的灰南瓜。这就是灰南瓜把杰克变得和他一模一样的目的——这是他最后的复仇。可怜的莫莉，一直以来，她都热切地渴望再次见到杰克，她有那么多好消息要和他分享。然而，在她胜利的时刻，杰克却没有回来。莫莉的眼中充满了泪水。

"我没法儿理解这事，"她想，"我以为用黑叶子触碰他，他就会变回来……我得把这两个南瓜都带到老南希那儿，她知道应该怎么做。"

这时，莫莉心头涌上一阵难受和懊悔，她想起了莉迪亚小姐。

"跟我来。"莫莉对两个南瓜说，南瓜听从莫莉的命令。不过奇怪的是，两个南瓜都服从黑叶子的持有者，他们跟在她身后几码外的地方。

在小屋门口，莫莉发现莉迪亚小姐躺在地上，脸色煞白，眼睛紧紧地闭着。莫莉叫她，但她没有反应。这时周围已经比刚才亮了，因为月亮出来了。莫莉摸索着走到屋里，取来一些水，然后跪下来往莉迪亚小姐的额头上洒了一些，一边轻声呼唤她的名字。在夜色朦胧的花园中，出现了一幅奇怪的画面：莫莉跪在莉迪亚小姐身边，黑叶子塞在背包带上，两只南瓜在门口两边像哨兵一样一动不动地立着。

最后，莉迪亚小姐终于动了一下，渐渐恢复过来。然后，她睁开了眼睛，高兴地喊了起来。

"噢，我能看见了！我能看见了！"她说，"噢，亲爱的！"她哭了一会儿，然后笑了起来。

莫莉迅速对她讲了发生的事情。看到莫莉手里拿着黑叶子、南瓜等在一边待命，莉迪亚小姐简直欣喜若狂，虽然莫莉的弟弟还没有变回来让她觉得既悲伤又困惑。她自己已经不记得走出屋子，走进花园以后的事情了。

"我感觉有东西在撞我，然后我就摔倒了——我只能记得这些了，"她说，"我现在感觉好多了。"

"我现在首先要做的，"莫莉说，"就是到最近的烽火台点起烽火。我的地图上标注了烽火台的位置……附近有座山上就有。"

半小时后，在巨人头附近的一座山上，一束火焰划破了黑漆漆的夜空。那火焰升腾着，跳跃着，越蹿越高，直到发出耀眼的光亮。

无论近处还是远处的人们都停下来望着烽火，兴奋地对彼此大喊：“看！看哪！是烽火！第一束烽火！黑叶子被找到了！”

大家正看着，一束回应的烽火从临近的山上腾跃而起。一座接一座的山头燃起烽火，把这个好消息传递下去，直到熊熊火光照亮整个王国，把黑夜变成了白昼。

20 老南希的小屋外发生了什么

　　莫莉是用老南希给她的倒数第二根火柴点起烽火的。这会儿，她和莉迪亚小姐、两个守卫烽火的人一起，站在山顶上眺望着附近的小山。火焰把他们映成了红色，也把他们身旁安静的南瓜映成了红色。守卫们穿着古怪的深红色靴子，这是老南希为对抗南瓜和他的密探们所施的魔法的一部分，火焰周围的地面上画的白色圆圈也是魔法的一部分。

　　她们从山上往下看，其中一个守卫告诉了莫莉通往东城门最近的路。如果她沿着山下隐约可见的高路走大约一英里左右，她就会来到一条小路上，并看到一个路标，上面写着："通往橙色树林"。沿着这条小路走到底，穿过河上的小桥，然后顺着树林边缘的另一条小路往前走，就能到达妖精荒野旁边的村庄。穿过妖精荒野回城里，就是最近的路了。一开始就沿着高路走能节省走好几英里路的时间。

莫莉听到有这么一条近路后非常高兴，她都没有想到要去看看地图。莉迪亚小姐决定和莫莉一起进城。因为急着要去找老南希，所以莫莉和莉迪亚小姐告别了守卫，往山下走去，身后跟着那两个南瓜。

她们赶路的时候，莉迪亚小姐看起来非常疲惫，莫莉坚持让她吃下了两块老南希给她的棕色小糖块，莫莉自己也吃了两块。几分钟后，她和莉迪亚小姐都恢复了精神，可以精力充沛地赶路了。接下来也没有什么可害怕的了，这让莫莉很高兴，同时又感觉怪怪的——再也不用逃避、躲藏，再也不必怀疑所有人了。

他们快到山脚时，看到有人从高路另一边的树林里走出来。那人站在那里，正仰着头入迷地望着山上的烽火，然后发出一声欢乐的叫喊，在路上跳起了踢踏舞。

"噢！"莫莉快乐地喊起来，"那是格兰！"

确实是格兰。格兰一看到有一群人在下山，就连忙迎上去。

"噢，真的是你，小女士！你终于做到了！"他一边跑向他们，一边喊道，"干得好，干得好！"他抓住莫莉的手使劲儿摇晃起来，都快把她的手给摇断了。"你弟弟在哪里？"他问道，困惑地看着眼前的两只灰南瓜。

走在高路上，莫莉把杰克的遭遇告诉了格兰，然后继续解释她是在哪儿找到黑叶子的，以及莉迪亚小姐表现得有多么勇敢。

"女士，见到您我非常荣幸。"格兰说，一边和莉迪亚小姐握手，"如果我知道情况的话，肯定会过来帮你们。我刚刚搜寻完这片树林时，离你们那儿并不远，这片树林是我那块地图的边界。"

"你还记得吗，我提到过，我有一块搜寻区域刚好和你们的毗邻。"他转向莫莉说，"不过当然了，我那时什么都不知道，直到我看到山上的火光。"他对着烽火摆摆手。"你没有为你的弟弟担忧吧？小女士？"他问道，一边焦虑地看着莫莉，"别太担心了。老南希会让一切恢复原状的，相信我。"

他们向前走着，格兰向莫莉和莉迪亚小姐讲述自己的历险经历，他险些被密探抓住，幸好逃出来了，他那可怜的老父亲有一次也差点儿被抓住。

等他说完，他们已经走在了回城的高路上。在莫莉看来，回程的情形好像是一支凯旋的游行队伍。她倒是希望不声不响地回来，但跑出来迎接她的人看起来满怀谢意和感激，所以她没法儿不让他们欢呼。当两只南瓜肩并肩地往前滚去时，人们都用惊恐的目光看着他们。许许多多的人跟随着莫莉、莉迪亚小姐和格兰，浩浩荡荡，向城里走去。人群不断膨胀，他们在路上每经过一幢房子，都会有人从房子里走出来加入这支队伍。不一会儿，高路就落在了身后，他们从橙色树林边上的那条小路走，抄了近路。

这时，莫莉看到法默·罗斯和罗斯夫人急急忙忙地想要加入队伍，当他们走在她身边时，莫莉向他们讲述了发生的事情。

他们穿过村庄，村子里所有人都蜂拥而至，阵势喧天地为他们欢呼，玛丽戈尔德小姐和提摩太也急忙加入了队伍。这是一支奇怪的队伍，由各种各样的人组成，小个子、大个子，年长的、年幼的，人们围绕着莫莉和紧紧跟随在她身后的两个灰南瓜。人们对灰南瓜仍然心怀恐惧，尽管莫莉手里拿着黑叶子，他们还是离灰南瓜远远的。

走到妖精荒野的时候，他们列队前进。灌木丛里有"沙沙"声，小小的身影从灌木丛里飞奔着冲出来。格兰看到这些小妖精，开心地大笑起来。在妖精荒野，他们可以看到方圆几英里的山上都有烽火在熊熊燃烧。

当他们走上第二绿色小径，他们看到一个身影在前面匆匆赶路，莫莉一眼就认出来了，是帕平盖先生，他正往城里赶呢。他看起来很高兴再次见到莫莉，一见到她就立刻问起他的那片黑叶子。

"我还没有展示过那片黑叶子，但是我会的。"莫莉说，"我一直小心地保存着它。想想看，人们看到它的时候会怎么说——当我们到达城里的时候！"

他满脸笑容，看起来很满意。格兰真诚地向他问好，拍拍他的肩膀，喊他"叔叔"。两个人手挽着手向前走，滔滔不绝地说着话，也不知道他们有没有认真听对方讲话。

当他们再次走上高路时，他们听到城里所有的钟都在响，人们从城墙上急切地向下观望。"他们来了！他们来了！"有人喊了起来，有那么一会儿，欢呼声把钟声都淹没了。

对莫莉来说，回程实在太快了，一方面是因为他们抄了近路，另一方面是因为他们可以一直往前走，不必再搜寻或躲藏，不会耽误赶路了。不过，即便这样他们也走了很远，走了好几个小时。夜晚已经快要过去。这是一个完美的夜晚，温暖、宁静，空气清新，月亮在头顶上游弋，美丽的白色月光倾泻在大地上。

很多人这会儿已经登上了西城门附近的小山，准备好观看他们从这里经过，前往老南希的小屋。剩下的人跟在队伍后面。路过格兰的面包店时，他们发现格兰的父亲和珍妮特阿姨已经走到前面去了，格兰说他们并不知道队伍会走哪条路过来，他们只是想要抢个"靠前的位置"。

219

国王已经在西城门外等待了。他双手放在莫莉的肩膀上，以国家的名义非常真诚地感谢莫莉。然后他和莫莉一起走下山，莫莉告诉了国王关于杰克的事情。

　　小山上挤满了人，他们不停地嘟囔着，急切地、紧张地想看一眼莫莉和南瓜。快走到老南希的小屋时，莫莉看到小屋周围的一大片地都已经被城里的卫兵们打扫过了。老南希站在门口等待着，就像莫莉上一次见她时那样站着，火光在她身后的房间里摇曳。

　　老南希一看到莫莉，就把手伸向了这个小女孩。国王温和地催促莫莉赶紧过去，于是莫莉独自踏入了那片空地，向老南希走去，两只南瓜顺从地紧随其后。然后，聚集在山上的人群忽然静了下来，每个人都满怀期待地等待着接下来要发生的事情。

　　"这是黑叶子，"莫莉说道，一边把黑叶子递给老南希，"这是灰南瓜和杰克。"

　　老南希蹲下来，亲了亲莫莉的额头。"亲爱的，我该怎么感谢你呢？"她说，"告诉我这一切是怎么发生的。"说着，她向两只南瓜走去。

　　莫莉解释了起来。周围的人们听不清莫莉的声音，但是关于"其中一个南瓜是这个小女孩中了魔法的弟弟"的窃窃私语从一个人传到另一个人。

"噢，您能把杰克变回来吗？"莫莉恳求道。她此时的心情非常焦虑和急切。

老南希严肃地看了看两只南瓜。"哪个是杰克呢？"她轻轻地自言自语道。然后她凑近了仔细看——她伸出手，把两个南瓜都翻转过来。老南希第一次触碰南瓜的时候，周围的人们都倒抽了一口气——要让他们习惯"南瓜现在是无害的"还挺不容易的。"一根针插到了南瓜针垫上，"她对自己说，"让我瞧瞧，让我瞧瞧……噢……那么，这个是灰南瓜！"老南希喊了起来，声音里充满了喜悦。

"因为这儿有一根很大的针戳在他的顶部。"老南希说。

人群中爆发出一阵热烈的欢呼声，虽然最后面的人根本听不清楚，也不知道他们在为什么事欢呼。

老南希用黑叶子碰了灰南瓜三下。灰南瓜开始颤动，来回摇摆，然后静止不动了。

"灰南瓜现在已经被我控制了。"老南希说，"在我们惩罚他之前，先要确保他对人们的伤害已经消失。大部分因灰南瓜而遭受痛苦的人会发现原本控制你们的魔法突然消失了——当黑叶子被摘下来的时候。是这样吗？"

人群里传出了低低的赞同声。老南希让那些依然没有解除魔法的人站出来，她等待着，但是没有人站出来。莫莉瞥了一眼莉迪亚小姐，笑了。

"那么，这儿只有最后一个受害者需要恢复了。"老南希指着其中一个灰南瓜说，"这个咒语和其他的不一样，因为被施咒的对象来自'不可能世界'。"她犹豫了一下，低头看着那个如果不出所料，里面装着杰克的南瓜。

这时，莫莉看到人群里有人在拼命向她挥手。是帕平盖先生。

"别忘了，"站在一边的帕平盖先生大声说，"现在是时候了!"

莫莉记起了她的承诺，她打开小背包，在里面翻了起来，然后拿出了帕平盖先生画的黑叶子，把它展开。

"这是什么?"老南希问。

"这是帕平盖先生画的黑叶子，我答应过向大家展示这片黑叶子，他想让我现在就展示。"莫莉说着伸出手，把黑叶子摊在手心。

老南希的嘴角浮起了一丝微笑，但她硬是把笑容压了下去。她拿起画出来的黑叶子，注视了一会儿，低声说了点儿什么，然后用左手在叶子上做了个标记，右手同时握住真的黑叶子和画出来的黑叶子。

"我给你的火柴，还有剩下的吗?"她问莫莉。

"还有一根。"莫莉答道。

"那就对了。"老南希把画出来的黑叶子高高举在头顶，"我希望大家都看看这片帕平盖先生绘制的黑叶子，它是与黑叶子非常相似的一个复制品。这是一件充满智慧的作品，而且非常有用，你们一会儿就会看到。帕平盖先生，我能得到您的允许，使用这片黑叶子吗?"

"当然了，女士，您想怎么做都可以。"帕平盖先生满面笑容地说。他为自己和这片叶子感到非常骄傲。

老南希把画出来的黑叶子递给莫莉："把它放到灰南瓜下面。"她指着装杰克的那个南瓜说。

莫莉按照老南希的指示，放好了黑叶子。老南希让莫莉擦亮最后一根火柴，点燃那片画出来的黑叶子。她照办了，然后退后几步，看着那片叶子燃烧起来，小小的火舌和灰烟环绕着南瓜。烟雾盘旋上升，越来越浓密，直到南瓜被包围在了灰色烟雾形成的巨大圆柱体内。每个人都出神地看着。忽然，随着"砰"的一声巨响，烟雾开始变淡，并逐渐散开。这时，烟雾中央出现了一个人。

那正是杰克，他正茫然地站在那儿，揉着眼睛。

"杰克! 杰克!"莫莉边喊边向他跑去，"噢，我真是太高兴了！杰克，你一切都好吗？受伤没有?"说着她把杰克从烟雾里拉出来。

"嘿！"他说，一边向四周望了望，"噢，我说，发生什么事情了?"

莫莉马上告诉了他发生的事情。

"你的意思是说我被关到了一个老南瓜里，滚遍了整个国家？老天，我看起来肯定傻透了！"杰克说，"但是我什么也记不起来了，只觉得自己被关到了什么地方，一直在睡觉。"这时他发现自己的手被一个又一个朋友握住，人们围到他身边，欢迎他回来，好奇地问他问题。

"看来是你的叶子起了作用，帕平盖先生。不是吗？"杰克说，一边抓住这位老先生的手，上下摇晃着，"我真幸运，您真是一个了不起的人！"

关于自己是什么样儿的人，帕平盖先生正是这样认为的，他听了杰克的话笑逐颜开。

21 灰南瓜的命运

现在，烟雾完全消失了，老南希向灰南瓜走去。她把黑叶子高高举过头顶，闭上眼睛，喃喃自语。然后她又睁开眼，对莫莉说："我要召唤南瓜的密探，在我们等他们的这段时间里，我希望你能告诉我们你寻找黑叶子的经过。"

老南希这么一说，莫莉一下子就害羞了，但她还是按照老南希说的做了。她站在小屋门口的台阶上，面向大家，尽可能简短地讲述了一遍事情的经过，提到了每一个帮助过她的人。一名议员遵照国王的吩咐把莫莉讲的都记录在本子上，这样以后还可以读给站在远处没有听到的人们听。当莫莉讲到莉迪亚小姐的那段故事时，她已经忘了害羞，变得热情高涨。

"如果不是莉迪亚小姐，我根本拿不到黑叶子，"她喊道，"她非常勇敢。虽然南瓜把她弄盲了，但是她从屋子里走出来，走到了花园里——要知道黑叶子就长在花园里，南瓜和他的密探们也等在花园里——她是故意那么走出来的——为了吸引他们的注意力，这时候我去拿黑叶子了。"

"为莉迪亚小姐欢呼！"人群中有人喊道。人们真诚地为莉迪亚小姐欢呼，让莉迪亚小姐有些不知所措。

当莫莉讲完整个故事，人群中欢声雷动。她走下来，脸涨得红红的，非常兴奋。她和老南希聊了一会儿，直到欢呼声平息下来。人群后面传来了低语和叹息声，接着又响起了嘘声。莫莉赶紧转过身来，看到人群已经分开，一队人往空地上走来。他们是南瓜的密探。他们有的垂头丧气，有的愤愤不平、一副挑衅的样子。第一个走过来的是那个戴着红头巾，眼珠子滴溜溜乱转的老妇人，接着是那个绿衣女孩，然后又来了几个莫莉从来没见过的密探——但从周围人们的议论来看，人们对这几个密探也并不陌生。在这队人的最末，莫莉认出了那个老钟表匠，还有那个骑马给莫莉送信件，说信件来自老南希的人。密探一共来了约莫三十个，他们聚集在老南希面前，老南希悲哀地看着他们。

"是你把灰色粉末撒在窗台上，让我在日落时间睡过头，然后让南瓜回来的吗？"老南希问那个老妇人，她似乎是那伙密探的头目。

老妇人点了点头。"当有人把一枚大头针插入南瓜的时候，我原本的善良忽然都消失了，我所知道的邪恶魔法全都涌入了我脑子里，我做了灰色粉末，然后拿到你这儿来……呵呵呵——"她忍不住笑起来，"我很高兴我做到了。我们毕竟度过了一段很棒的时间，是不是，亲爱的?"她瞥了一眼绿衣女孩，绿衣女孩无精打采地点了点头。"要不是我们自己内部出了乱子，我们忙着要平息混乱局面，"老妇人阴沉地看了一眼莫莉，"我们的灰南瓜今天也不会被抓住，他绝不会被抓住。"

"跟我们说说那场混乱。"老南希说着，对老妇人轻轻摇晃手里的黑叶子，老妇人看起来被控制住了，不得不回答老南希的问题。

她猛然往莉迪亚小姐的方向转过头去。"她变瞎以后，一开始，我们中间的一个人弄错了，结果把她领到另一个湖那边去了——刚好是小女孩会经过的那条路上，而不是她不会经过的那条路上。等我们发现弄错了，再过去找莉迪亚，已经找不到她了。于是，为了防止她又走到那个湖边去（她确实这么做了），我们中的另一个人想弥补错误，就写了一封信，想让小女孩误以为那封信是你写的，老南希。这样小女孩就会相信这封信的内容，并按信上写的做，我们就能一切顺利了。但是这个女孩的脑子里不知怎的就冒出了不相信这封信的想法，她领这个瞎女人回家，然后发现黑叶子恰巧长在瞎女人家的花园里。但即使到那个时候，如果不是你的那些火柴的话，她也不可能得到那片叶子，老南希。那些火柴可真能烧。"老妇人伸出右手，手背上有一个深深的红色疤痕，"你那会儿脑子里在想什么呢，使你不相信那封信？"她情绪低落地问莫莉。

"我曾经在一个朋友的家里看见过莉迪亚小姐的照片，在荒凉湖边看到她时我一下子就认出来了，所以我相信她。"莫莉回答。

"哦，原来是这样，"老妇人点了点头，"我们一发现你已经在去那个房子的路上了，就立刻派人去找南瓜，但他一直到你进了房子才来，所以我们想着等你出来的时候就能抓住你。"

"你们这些人，就没有一个后悔的？"老南希问，"你们就没有一个人因为惹了这些麻烦而后悔吗？"

"后悔？我一点儿也不后悔，"老妇人答道，"一点儿也不。虽然我们现在失去了力量，但我们一点儿也不后悔，我们度过了人生中最愉快的一段时光。就是这样的，同伴们，不是吗？"

其他的密探毫不犹豫地表示赞同。

"这么说来，现在最好惩罚你们所有人，连同你们的领头人灰南瓜，把你们驱逐出我们的世界，流放到'不可能世界'去，在那里你们再也没有办法作恶。"老南希转而对人群说，"我这样做是否如大家所愿呢？"

"是的！是的！驱逐他们！驱逐他们！"几百个人的声音响起来，回应着老南希。人群发出的喊声震耳欲聋，久久不能平息。直到老南希抬起她的手臂，人们才不再呼喊，四周又安静下来。

老南希从密探们身边走过，一边用黑叶子触碰他们，一边喃喃自语。当黑叶子触碰到他们时，他们都颤抖了一下。

"你们在'不可能世界'里还能保持人类的外形，"老南希对密探们说，"但是你们必须忘记你们学过的所有邪恶魔法。你们也会忘记在这个世界的生活。你们有时还会有一些隐约、模糊的记忆，但你们永远都找不到回这里的路了。在'不可能世界'，你们也不能再对别人作恶了。我允许你们保持人类的外形，是因为你们虽然很坏，但还没有像灰南瓜那么坏。由于你们在这片土地上干了坏事，你们在'不可能世界'会过着非常不快乐的生活。你们会非常不快乐。"说完，她指着老妇人。

老南希咕哝了几句奇怪的话，又摇了摇黑叶子，密探们

慢慢朝着对面高路上的那棵树走去。

"敲三下!"老南希命令道。

老妇人最后一次目中无人地昂着头,在树上敲了三下。树上的门打开了,密探们鱼贯而入,门在他们身后"砰"地关上了。

灰南瓜一直在小房子门口一动不动地停着,这时,老南希向灰南瓜走去,再次用黑叶子触碰了一下灰南瓜,说道:"去吧,回到'不可能世界'去!这次不再让你变成针垫了,你也不会变成人类,我会让你保留让人讨厌的外形。你会变成一个让人们踢来踢去、用来搁脚的凳子——你将会变成一个搁脚凳!去吧!永远都不要再回来了,永远。"

灰南瓜慢慢地左右摇晃着,然后滚过大路,向大树滚去。他对着树敲了三下,门开了,灰南瓜进入了"不可能世界"。

树上的门关上后,一阵夸张的狂笑打破了周围的寂静,发出这笑声的,是格兰的父亲。小山上立刻欢声雷动,人们的笑声和叫喊声震耳欲聋。人们为老南希欢呼,为国王欢呼,为莫莉和杰克欢呼,为其他搜寻者欢呼。人们此刻欣喜若狂,欢呼声似乎永远都不会停止。格兰的父亲一直在笑,直笑到泪水滚下脸颊,珍妮特阿姨看到了,有点儿慌张不安。但格兰只是站在他父亲面前,两手叉腰,也在笑着。

"这样就对了嘛，父亲！"他喊道，"笑吧，笑吧！随他去吧，珍妮特阿姨，他有好多好多年没有笑了。"

此时，杰克和莫莉正准备穿过大树回家。莫莉把背包交还给老南希。虽然两个孩子都为要离开朋友而感到难过，但他们也觉得自己的工作已经完成，现在很想回家，他们已经好久没有见到爸爸妈妈了。他们和周围的朋友们一一道别，包括詹尼特夫人，她是和詹尼特先生一起来的——詹尼特先生和詹尼特夫人真的像是一个模子刻出来的——他们刚好赶上了看灰南瓜被驱逐的场面。

国王和老南希刚才在一旁谈话，这时，他们回到了杰克和莫莉身边。

"你能收下这个吗？"国王对莫莉说，递给她一个小盒子，"你为我们的国家做了那么多，这是我们表达谢意一个小小的礼物。它看起来只是一个微不足道的小东西，但它被施了不同寻常的魔法。无论何时，只要你戴着它，你就会觉得快乐，还会把快乐传递给身边的人……现在别打开这个盒子，等你回到家以后，把它放在梳妆台上原来放针垫的地方。当阳光照到它上面的时候——把它打开，如果你在这之前就打开了，我刚才说的神奇魔法就不起作用了。"

莫莉收下了这个小盒子。她眨着明亮的眼睛，真诚地感谢国王。

国王对杰克说："我刚听说，你喜欢画画，我有一套特殊的绘画工具——画笔是为你专门制作的，能帮助你画出更好的作品，它们是非常特别的画笔。"他和老南希交换了一下眼神，又神秘地微笑着说："我希望你能收下它们，作为来过这里的纪念，不过画笔还没有完全制作好，我明天会把它们送到你手上。"

"真是太谢谢您了，陛下。但是，您知道的，我觉得我并没有帮上什么大忙，不值得您送给我礼物。"杰克说。但是国王依然热情地和他握手，说他已经帮了很大的忙。

于是，他们和国王道了别。

"当你们回到家，你们会发现你们的母亲一点儿都没有为你们担心——我已经留心过这件事。"两个孩子和她说再见的时候，老南希说。

这时，格兰说："有机会哪天再来看我们，小女士，和你的弟弟一起来。你会吗？满月的时候，在树上敲三下，记住了。"

"噢，我们很愿意有一天能再来这里，我们会来的吧，杰克？"莫莉说。

"当然啦。"杰克说。

于是，当三下敲门声响起，树上的门再次开启了。而这一次，一个小女孩和一个小男孩穿过树门，重新回到了"不可能世界"。

22 再次回到"不可能世界"

当杰克和莫莉到达那个隔开花园和树林的栅栏时，杰克惊讶地发现他的拖鞋还躺在那儿——他在路上遗失的那一只。

"噢，我说，莫莉，"他说，"看这儿——我忘记把老南希的拖鞋还给她了，现在我有三只一模一样的拖鞋了！"

他们穿过花园时，正是拂晓时分。他们发现后门紧锁着。不过杰克从厨房的窗户爬了进去，那个窗户没有关紧，然后莫莉也爬了进去，没有惊动任何人。他们悄悄上楼，在早餐铃响之前睡了一个小时。

莫莉睡觉前把她的小盒子放在梳妆台上，醒来后，她看到阳光正好照在上面。于是，她急忙跳下床，打开了她的盒子。盒子里是一只她所见过的最精美的银镯子。莫莉非常开心，而且后来她发现镯子的确有特殊的魔法，当她戴着镯子的时候，她总是觉得非常快乐，她身边的人也非常快乐。

吃早餐的时候，爸爸和妈妈注意到两个孩子不时好奇地看他们一眼。

"妈妈，"莫莉说话了，"你知道是谁把这个给我的吗？"她把银镯子给妈妈看。

"我知道，"妈妈说，这回答让莫莉非常惊讶，"我全都知道了。"

"咦，你是怎么知道的?"杰克问。

但是妈妈只是"噢"了一声，和他们的爸爸交换了一下顽皮的笑容。

这多少让人有些困惑。即使邮递员给杰克送来了一个没有寄件人姓名的狭长的盒子，里面有三支画笔，爸爸和妈妈也没有问这盒子是从哪里寄来的。

"如果你们已经知道了，我想也没有必要把我们的历险告诉你们了吧?"杰克说道，"你们知道所有的事情吗?"

"所有的事情。"妈妈笑眯眯地回答。

灰南瓜针垫当然已经完全从莫莉的梳妆台上消失了，她再也没有见过它。不过她还是给菲比姨妈写信，谢谢她"有用的礼物"。

杰克和莫莉经常会想，灰南瓜和他的密探们在哪里。他们再也没有见过他们中的任何一个。不过莫莉有一次见到一个检票员，不知怎的，让她想起了那个老钟表匠。两个孩子还一直留心那些卖搁脚凳的商店。当有人邀请他们出去喝茶时，他们也总是急不可耐地四处打量。但到目前为止，他们还没有再遇见灰南瓜。

大树那边的世界

　　最近几年，我非常着迷于幻想小说的阅读和写作，所以接到翻译这本小说的邀约时，我非常开心。

　　在小说中，双胞胎姐弟莫莉和杰克通过一棵大树，从他们生活的英国来到了另一个世界，那里的人们把自己的国度称为"可能世界"，而把两个孩子来的地方称为"不可能世界"。"可能世界"的人们生活得和谐幸福，"不可能世界"里问题多多，这里多多少少含着作家对自己所生活的现实社会的讽喻，和她对美好的"可能世界"的向往。

　　在这本幻想小说中，"不可能"可以成为"可能"，孩子可以成为救世的英雄。这样一本书唤起了我对童年幻想的记忆，幻想自己从熟悉的地方，去到一个陌生的世界。童年时代，有多少次，我幻想从海的这边，飞到海的那边，去经历一场精彩的冒险，成为一个了不起的英雄。故事中的莫莉实现了我童年时代的所有幻想。一个普普通通的英国女孩，穿越到另一个世界，成了那个世界里的救世英雄。

但就像我们一样，莫莉并没有一夜之间成长为所向披靡、无比坚强的大人。她依然会害怕，会犹疑，会犯错误。但是她内心的那份执着、美好和责任感一直支撑着她，即使在十分艰难的时刻。

不断犯错误，在错误中吸取教训，得到成长，莫莉所经历的，不也正是我们所经历的吗？虽然是在幻想的世界中旅行、冒险，但她所经历的那些内心的历险、内心的起伏转折，确实如此逼真，如此让人感同身受。

不知道是否可以信任陌生人，不知道离目标还有多远，不知道自己这样做对不对，这些成长中的困惑是如此熟悉。

翻译这本书的时候，我仿佛看到那个"可能世界"里人们五彩缤纷的穿着、屋檐外挑的建筑，闻到格兰亲手烤制的面包的香味，看到小妖精们的聚会。作家构建出来的那个世界是那么完善精密——每一条街道，每一个湖泊，每一片荒野的命名都别具深意。最让我着迷的是妖精荒野。让我没有想到的是，那真的是一片会有小妖精在午夜出没，聚在一起载歌载舞的荒野啊。

作家的想象力并没有止步于此，最让我佩服的是，就连书中的人物也会构建出一个属于自己的世界。故事中独自生活在密林深处的帕平盖先生，画出自己的爱狗珀西，画出家中所有的家具，甚至还画出来访的客人。他当狗是真的，当客人也是真的，和他们说话，取乐，活得怡然自得。而这个有趣的人物，也确实得到了作家长久的青睐，作家为他创作了一系列的书。

当我翻译完这本书，我已经对这个作家产生了浓厚的兴趣。我在网上寻找关于她的资料，当我看到她的童年故事时，我就明白了，作家玛丽昂为何能有如此出色的构建虚拟世界的能力。

作家玛丽昂童年时，有很多幻想朋友，她还给他们一一起了名字：敏妮、特迪霍普、总是戴着白手套的泰伦米娜……所有这些想象中的朋友都住在一个想象中的地方——一个叫伍德山的镇子。镇子上有两个想象中的剧院、一个学校、一条铁路，她甚至还亲手画出了伍德山的地图、制作了虚构的戏剧和童话剧的海报广告。作家孩提时就有着异常丰富的想象力和构建一个独特世界的愿望，这样的想象力和愿望从未离开她，直至后来她把它们付诸笔端。也许正是她的童年幻想孕育了她后来的作品——这些作品充满童心，隽永而美好。

开始翻译这本书的时候，女儿只有五个月大，无论是在杭州的家里，还是在舟山父母的家里，她每天都陪伴着我，只要我在翻译，她就不吵不闹。翻译完这本书的时候，她已经九个月大了。每天只要我在电脑前坐定，跟她说："妈妈要开始工作了。"她就会意地看着我，不哭也不闹，开始自己玩了，或者找外婆玩。她看我工作得如此着迷，有那么几次，瞅准时机来抢我的书，有一次还撕破了一页。她一定在想：妈妈手中的书一定特别好看，要不然为何她每天都要看好久好久？我也要看！

　　亲爱的孩子，这本书，一定会给你看的。因为，它马上就要出版了！

孙昱

魔法象故事森林·少年游

《蜻蜓池塘》 ME001

〔英〕伊娃·伊博森 / 著　陈红杰 / 译　张小妹 / 绘

定价：34.80 元　　出版：2016 年 1 月

成长并不意味着放弃个性。忠于内心，才能到达远方。
英国文学巨匠、卡内基文学奖提名奖得主伊娃·伊博森作品。
本书入选 2016 年 3 月新浪"微博童书榜"（7~14 岁年龄组 TOP3）

《手中都是星星》 ME002

〔德〕拉菲克·沙米 / 著　王洁 / 译　么么鹿 / 绘

定价：29.80 元　　出版：2016 年 1 月

献给每一个紧握梦想的孩子。
已被翻译为 18 种语言，在多个国家广为流传，2012 年维
也纳市民共读图书。
入选 2016 年 3 月百道网"中国好书榜"（少儿类）

《谢谢你，山谷！》 ME003

〔美〕尼基·洛夫廷 / 著　朱菲 / 译　马岱姝 / 绘

定价：29.80 元　　出版：2016 年 1 月

致所有渴望被倾听的男孩女孩。
美国畅销儿童小说家力作，倾听孩子内心，感受自然之力。

《无人知晓的心愿》 ME004

〔美〕弗朗西丝·奥罗克·多维尔 / 著　邱笑飞 / 译　么么鹿 / 绘

定价：29.80 元　　出版：2016 年 1 月

送给成长路上点亮我们生命的朋友。
美国埃德加·爱伦·坡最佳童书奖作者力作，为孩子演绎的友
情之歌。

《秘密学校》ME041

〔美〕艾维／著　陈宇飞／译　么么鹿／绘

定价：26.80 元　　出版：2016 年 5 月

做自己命运的主宰者。

美国纽伯瑞儿童文学奖得主艾维力作，"秘密"背后是孩子勇敢的尝试。

《莫吐儿传奇》ME042

〔俄〕肖洛姆－阿莱汉姆／著　　姚以恩／译　陈伟　杨静／绘

定价：26.80 元　　出版：2016 年 5 月

于困苦中生出勇气，于荒芜中开出花朵。

世界著名作家肖洛姆－阿莱汉姆逝世 100 周年纪念版，孩童的烂漫洋溢在朴素的故事中，使这部犹太平民之书格外天真可爱。

《驴子的回忆》ME043

〔法〕塞居尔夫人／著　　马爱农／译　子炎／绘

定价：26.80 元　　出版：2016 年 5 月

如果一头驴子能得到温柔的对待，它是绝不会凶的。

法国著名儿童文学作家塞居尔夫人的经典作品，一部有趣而发人深省的驴子回忆录。

《月光下的冒险》ME044

〔英〕玛丽昂·圣约翰·韦伯／著　　孙昱／译　李志宇／绘

定价：26.80 元　　出版：2016 年 5 月

相信童话，开启不可思议的奇幻之旅。

英国著名儿童文学作家玛丽昂的经典作品，一部儿童文学界的"世界名著"。